HORIZONTE DE ESPANTOS

Ronaldo Cagiano

[primeira edição]
URUTAU
abril
2022

editora Urutau

rua do cajú, 478,
jardim das cerejeiras
06724-015
cotia-sp (brasil)

rua manuel pacheco nobre, 128 - 5 esquerdo
2830-080
barreiro (portugal

[+34] 644 951 354 [espanha]
[+55] 11 9 4859 2 426 [brasil]

www.editoraurutau.com.br
contato@editoraurutau.com.br

[EDIÇÃO]
debora ribeiro rendelli
tiago fabris rendelli
wladimir vaz
[REVISÃO]
juliana palermo

**Dados Internacionais de Catalogação na Publicação (CIP)
de acordo com ISBD**

C131h Cagiano, Ronaldo

Horizonte de espantos / Ronaldo Cagiano. - Cotia : Urutau, 2022.
78 p. ; 13cm x 19cm.

ISBN: 978-65-5900-226-9

1. Literatura brasileira. 2. Prosa. I. Título

2022-1737 CDD 869.8992
CDU 821.134.3(81)

Elaborado por Odilio Hilario Moreira Junior - CRB-8/9949

Índice para catálogo sistemático:

1. Literatura brasileira 869.8992
2. Literatura brasileira 821.134.3(81)

sumário

A espantosa realidade das cousas
é a minha descoberta de todos os dias.
Alberto Caeiro

Mas restou… ainda me restou…
este olhar de espanto.
Márcia Carrano

Escrevo, revolvo e invento
na emboscada do espanto.
Maria Teresa Horta

cegos e nus
atravessamos o espanto
Nicolas Behr

Para não morrer de espanto, para poder com isto,
para não ficar só e doido, é que inventei a insignificância,
as palavras, a honra e o dever, a consciência e o inferno.
E ainda o que nos vale são as palavras,
para termos a que nos agarrar.
Raul Brandão

A INTRUSA

Não era uma festa qualquer. Ao mesmo tempo, inusitada. A casa paroquial aos fundos do Santuário de Santa Rita abriu-se naquele domingo apenas para alguns convidados. Não era missa, não havia pregações. D. Almerindo, o bispo regional, quis homenagear o padre Lindoso, que completava bodas de ouro de vida eclesiástica, um tempo dedicado a regenerar vidas, um pescador a salvar pecadores nas águas infestadas de iniquidades.

Eles chegaram bem cedo e tomaram assento em suas cadeiras marcadas. Eram poucos os convidados para um homem que serviu a muitos, por muitos anos. A máxima ironia ali presente, pois quem tanto deu-se aos seus congregados agora apenas recebia em gala uns poucos escolhidos, a fina flor da sociedade, a nata da cidade. O povo, ah, o povo — os que sempre estiveram de joelhos — ali não estava. Vieram o prefeito, o juiz de direito, o delegado de polícia, o presidente da câmara, o venerável (e bígamo) Lauriano da maçonaria, o gerente do Banco do Brasil, o Adão do Matadouro, o comandante do Tiro de Guerra, o rábula do Hermenegildo (sem a fúria de suas catilinárias), o vitalício diretor da Associação Comercial, o representante do Rotary Club, o Turco bicheiro (que tantas verbas do jogo ilegal doara para a reforma do telhado do templo) e alguns próceres do setor industrial, gente afortunada que nunca ia às missas.

Uma das cadeiras estava vazia quando ela chegou, pousou ali sorrateira, quase imóvel em meio à fauna de humanos. Sabia-se insularizada, esquivando-se dos olhares, extraviando-se, esgueirando-se de tudo e de todos, entre móveis, paredes, portas, janelas ou do vento, estrangeira num mundo que não era seu, como uma personagem de Kafka ou de Clarice.

Dividida entre o ser e o estar, como agora, reverencio o precipício, mas não tenho instrumentos para tentar ultrapassá-lo. Acho que foi Nietzsche que nos advertiu: "se não tens asas, por que amar tanto o abismo?". Mas as tenho e elas de nada me salvam. São como asas de Ícaro, derretem-se diante da mínima ameaça de sol.

Intangível aos cumprimentos e inabordável aos olhos do pregador que recebia as pompas, era um ponto minúsculo a contemplar aquele ambiente de esconsas conversas e diálogos inconcebíveis que se ouviam nos cochichos de um ou de outro. Ela, quase uma silhueta quando se deslocava.

O palavrório se sucedia entre um e outro encômio, cada qual tentando superar-se na arte da retórica e da falsidade ao invocar o nome, a vida e os feitos da indigitada figura eclesiástica. Afinal, cinquent'anos de uma vida que conhecia tanto outras ali postas e expostas, seus segredos, suas virtudes, suas fraquezas, suas vilanias, o claro e o obscuro de cada (medíocre ou afortunada) existência.

Alguns discursaram, outros tantos ouviam, e ela passou despercebida, imóvel, absorta em seu esconderijo bafejado por flatulências que emanavam de mesas e cadeiras vizinhas. Chegou a vez de o bispo desfiar seu novelo e rememorar a vida daquela criatura em seu meio-centenário, num rosário de preciosidades que destacavam a humanidade do generoso filho de um Deus ilusório. E falava e se enxertava de novas lembranças, uma enxúndia de palavras inúteis, mas de olho na cadeira vazia, onde ela, sub-reptícia, aninhou-se, sem ser percebida. O que estaria ele focalizando naquele assento ainda desocupado? A ausência de alguém importante, que não poderia ter faltado, ou o minúsculo ponto a chamar-lhe a atenção, no desejo de expulsá-la, incômoda criatura a objetar-lhe o ofício?

O sacerdote parecia disputar com ela a supremacia presencial, como a desafiá-la ao cansaço com sua laudatória encomenda daquele aniversário, mas ela não se fez de rogada e, entre os olhares rabugentos do Monsenhor Conrado, era indeciso animal sem saber o que fazer. O olhar-sermão do santo padre já não disfarçava a incômoda presença daquele ser, até então não perceptível aos outros olhos.

Talvez passasse pela sua cabecinha oca, por seu sangue nenhum nas veias, a estressante sensação de ser massacrada por ele, que, disfarçando cansaço ou finalizando sua fala, viesse a ocupar justamente aquele espaço onde ela reinava incólume, sentando-se de chofre sobre ela. E se todos ali, contaminados pelo olhar inquieto do padre, dessem-se conta daquele bichinho nojento, *ai, meu deus, essa gente toda em polvorosa com medo de mim*, um corre-corre danado poderia eclodir em meio à descoberta da invasora, *eu que tanto tenho sido excomungada ao longo dos séculos, que resisti à bomba atômica, às invasões dos Bush, ao tsunami, a Chernobyl, a Hitler, aos arroubos de Putin e Erdogan, aos talibãs, ao estado islâmico, às torturas do coronel Brilhante Ustra, aos destemperos de Trump, às boçalidades e delinquências familicianas de Bolsonaro & seus porquinhos adestrados, ao maluquinho norte-coreano, à arrogância daquele advogado com seus cabelos argênteos despachado para o inferno pelo Luquinha, ao caralho-a-quatro, ah, não*, ela deve ter pensando mil coisas, por isso ensaiou sair dali, antes que a tragédia se anunciasse, pior que o desastre da covid-19, esmagada pelas ancas quase octogenárias do celebrante.

Deu início ao seu balé esquisito de um lado pro outro, sob os olhares de toda a gente, ela não via a hora de uma guerra santa contra sua presença. O padre, sua inquietante sombra já sendo notada, seus olhos virando com mais frequência para o lado, para o chão, acompanhando o movimento da infeliz, *ah, e se eu for esmagada sutilmente enquanto ele cumprimenta o dedo-duro do Acácio, sentado ao lado?*, que agonia na vida daquele serzinho, o homem avança em passos lentos, passando de mesa em mesa em cumprimentos ensaiados, *Deus te abençoe, Dr. Otaviano*, levando o lenço à cabeça, um calor de 41 graus na cidade, aquelas carolas com suas roupinhas-de-ver-deus e seus maridos ali se empanturrando de canapés, o Jurandir sacristão, desconfiado, quer saber por que os olhos do santo padre baratinavam enquanto discursava, e ela ali, apavorada, mas insubmissa. Seus passos afastam-se um pouco da direção da bichinha, ela percebe que ele fala aos ouvidos de Madame Sulamita, a viúva dona da Escola de Pintura, que ofereceu o grande mural da Paixão de Cristo que ostenta a nave da igreja, sua batina deslocando o ar, e a barata imóvel, tentando uma saída vantajosa, evitando ser alcançada por ele, com aquele solado militar que pisa o salão engalanado; se ele não sentasse, ela talvez não escapasse aos saltos de coturno, fariam miséria naquela vida indefesa, *ai, Kafka, ai, Clarice, por que o mesmo destino?, não, eu não quero ser morta*, a bichinha tremia, *não, Gregor Samsa, não, portas de mil quartos*, mas viu a possibilidade de abrigo nas partes íntimas do bispo, *ah, se eu conseguir, ele não vai poder fazer nada, senão seria um escândalo, ai, Santa Rita de Cássia, ajude-me a ser discreta nessa hora de tamanho infortúnio para um ser tão indesejado, sei que há milagres, só quero abrigo, não me importo com o cheiro de urina na ceroula do Monsenhor, melhor que ser trucidada por pés inclementes...*

Lá fora, os insetos que bailam sob as lâmpadas de mercúrio e ziguezagueiam na fonte luminosa dão-lhe inveja santa, e os camundongos que saem dos bueiros em frente à Escola Normal idem: não estão sob o fogo cerrado de um padre nem serão alvo da fúria iconoclasta das beatas salivantes e bisbilhoteiras com olhos feito bisturi e das línguas bífidas dos moralistas e do contumaz farisaísmo dos papa-hóstias de plantão. Enquanto os sinos dão longas badaladas em estridente homenagem ao cinquentenário do padre Lindoso, há um mal-estar na festa, um prolongamento desnecessário, a barata sem saber; se correr o bicho pega, se ficar o padre pisa, *ah, eu devo estar aqui para pagar todos os meus pecados, a lata de açúcar que espoliei na casa do Juiz Giorgio Bomgaldi, o dia em que quase morri misturada à massa de bisnaga na Padaria Cabral (não fosse a histeria da Hermínia confeiteira despistando todo mundo com sua gritaria, eu estava frita, melhor, assada), o doce de carambola que eu lambi na cozinha da dona Dolores, a goiabada do Camarão sapateiro (ah, nunca me esqueço quando ele tirou a tampa da caçarola e viu-me lá dentro, foi Deus que me salvou daquele vingativo, dando-me essas asas tão ágeis, que ele até agora está me procurando atrás do fogão, com seu escândalo de sempre*), *e quando flagrei o delegado Lindolfo chupando o pau do cabo Arísio* (ele, tão moralista a perseguir maconheiros, veados, pretos e putas), *ou — ai, Jesus! — quando fui aparecer logo no caixão do Carlindo alfaiate, que maçada, ninguém esquece o horror dos parentes tentando espantar a intrusa*, o metal cansado para de repicar, não sei, o padre parece aquietar-se, ou está fingindo para dar a última cartada e desferir o golpe fatal ao sentir que ela aninhou-se entre a sua cueca e a indumentária sagrada, *não, padre não pode matar, é crime, eu sou uma criatura, sem alma, é verdade, meu único mal é chafurdar no terreno alheio, teatro de muitas misérias e delícias*, a alma vacilava prestando atenção nos movimentos do padre, ela ali, enquanto a fila de cumprimentos perfilada ao lado do bispo diminuía, *e depois, meu Deus, o que será de mim quando isso aqui virar um deserto? Ele vai pro banheiro tirar a roupa e não vai me deixar escapar, vai me sacrificar com o dedo, com um instrumento, ou jogar-me no vaso sanitário*, sentia-se uma intrometida, mas está no mundo desde as cavernas, pensou, *que incômodo pode haver para um inseto como eu, meu único defeito é viver, trespassar os séculos, o dilúvio, a radiação, o gás mostarda, o agente laranja, os ladrões de Bagdá, a pandemia, a ira dos homens...*

A Noêmia, que, entra ano e sai ano, vai à missa todo dia, era a última da fila e viu o bispo feito uma estaca, ali, parado, como uma sentinela diante do padre, enquanto os outros nas mesas, pressurosos comensais, nada percebendo, avançavam no rescaldo de acepipes e bebidas, e ela ali, sem nada, sem um grão de açúcar em que se fartar, sem nenhuma esperança de sobreviver à vingança daquele homem. Olhou de novo a Noêmia, uma espécie de telescópio das missas, rastreando tudo e todos, sabia de cor as reações das pessoas e não lhe passou despercebido o desconforto do bispo, *esperta como ela, é capaz de me flagrar aqui debaixo, com seu olho de radiografia, essa fofoqueira sabe da vida de todo mundo, conhece palmo a palmo dos submundos físicos e mentais, vai ver que tem um estranho no ninho*, sentiu um cheiro esquisito, cheiro de barata, *vive se lavando toda*, era o fim. Ia dar pela criaturinha indefesa, sem compaixão. Quantas vezes estivera ali a coitadinha, o salão de encontros da igreja era o seu *habitat*, nos dias de chuva, nos de sol; nas quermesses para angariar fundos para as reformas hidráulicas, nas procissões que culminavam em festa naquele pátio, nas amigdalites do padre, nas artimanhas do sacristão, nunca, nunca ninguém havia se dado conta de que um simples e indefeso inseto, à procura das migalhas que sobravam naquela comemoração de aniversário, do rescaldo das bebidas derramadas nas mesas daquele convescote, fizesse mal. Afinal de contas, "nem só de pão vive o homem, mas de toda palavra que sair da tua boca", ela ouviu um dia essa parte num sermão e sentou praça: *é aqui que venho buscar meu alimento.*

Naquela noite, meses depois de visitar religiosamente a cozinha da casa paroquial, como uma distinta e quase invisível criatura, viu que algo não começara bem. O dia trouxe um mormaço que a tornava indefesa, nuvens de chumbo caluniavam a paisagem, lá dos lados do cemitério, emendando com a Vila Minalda, um tempo ruim que só, denunciando o toró que podia cair, havia um clima de esbórnia espiritual no ar, ela presa ali sob a batina do bispo, a última viv'alma saiu do recinto, o padre Lindoso despediu-se de todos e D. Almerindo taxou-lhe o golpe de misericórdia. Numa palmada veloz e certeira que transformou o peregrino inseto numa massa visguenta a misturar-se ao tecido de suas vestes, a festa chega ao fim, sem choros nem velas.

Lá fora, a noite alta era domínio dos grilos e outros bichos que vislumbrariam melhor sorte ainda por algum tempo.

3 X 4 DA CIDADE

A cidade. Vocês não fazem ideia do que seja a cidade.
André de Leones, "Hoje está um dia morto"

1.HISTÓRIA COMUIM

Mal rompe a manhã, Dasdores chega em casa do serão, depois de comer o pão que o diabo amassou naqueles teares da Manufatora. A noite inteira foi um suplício: mato ou não mato aquele desgraçado? A vida besta demais para um desagravo assim tão derradeiro. Cachorro!!! Quando um não quer, dois não brigam, dizia seu velho pai. Nem filho arranjou, era nova, podia arrumar outro homem, ouviu do Abdias contramestre naquela noite. Esquentar a cabeça com o Nerivaldo? Não merece que eu suje minhas mãos. Aquele traste já nasceu torto, pensou. Decidida, entrou de manso-mansinho, apagou a luz da sala, ele dormia ainda com o cheiro da cachaça da noite anterior, pegou as malas e picou a mula. Quando deu meio-dia, ele pulou da cama esfregando os olhos, a ressaca tinindo em seu fígado, a boca amargando e um vazio enorme dentro de casa. Dasdores estava bem longe.

2.EXÍLIO

... é uma troia perdida no meio da cidade, a que eu inventei para deambular num cavalo indolente. além do círculo de giz não passo, porque criei a cidade contra a cidade, a minha cidadela excluindo a metrópole envergonhada, a urbe seletiva e parasitária. *apartheid* e extinção. o onze de setembro é aqui. ilhados, pavorosamente ilhados, tentamos des(a)fiar o fio de ariadne, derrubar o cárcere monolítico da geografia insana desse lugar (...) por isso não vou a lugar nenhum além dessas margens a que nos confinaram, campo desidratado onde o homem não vinga... prometeu acorrentado e sem reconciliação nesse aclive labiríntico, entre a cama e o comício, rejeito teseu, o minotauro e a cópula das cúpulas do congresso. lanço-me à hercúlea maratona da fuga, sem favores do diabo: sísifo (de que latitude?) em renovado e espesso desassossego.

3.VIA CRUCIS

Ainda o sol não tinha chamuscado o horizonte com seus raios dourados, e Raimunda já estava a caminho do Plano Piloto. A mesma rotina de todos os dias: pegava a Viplan superlotada nos cafundós da Vila Roriz, o ônibus deslizando como uma enguia por toda a Planaltina, recolhendo os que vinham, como ela, trabalhar e trabalhar. Uma hora era um gaiato que se fingia de morto e encostava, encostava até levar uma cotovelada; outra, era a bolsa sendo alvejada por uns pivetes mal-encarados que sempre se aproveitavam da linha lotada pra fazer a limpa; não aguentava mais os quebra-molas, os buracos, as rugas do asfalto, as freadas, o mau-humor do motorista, a gritaria e o mau hálito do cobrador, cuja voz penetrava nos desvãos de corpos que se amotinavam feito sardinha em lata. Triste sina a dela, vida feroz e sem amores, como as das vacas todos os dias reunidas no curral para soltar o leite, mugindo, mugindo, sem a mesma sorte das que um dia estiveram num estábulo de Belém para ver o Menino nascer. Era aquela sensação, que começava no ponto de ônibus e não terminava nunca. Parecia que a manhã não chegava, que o resto do dia era um prolongamento da madrugada, do sono interrompido pelas muriçocas, da falta de estrelas no céu, do aumento de salário que não vinha, da paixão impossível. A única certeza que chegava em tempo e hora era a obrigação de estar cedo no Ministério, empregada terceirizada, servindo o café, renovando a água em gestos que se repetiam o dia inteiro, pilotando aquela carrinhola barulhando pelos corredores, cheia de pires, de xícaras, de colherezinhas, de copos se atritando, entrando aqui-ali, comendo no refeitório dos contínuos e voltando na mesma rota, e de novo a sensação de que tudo é escuro, de que Jesus passou pelo Calvário e cada um peleja como pode em sua hemorroidária lida quotidiana.

4. LITANIA DO CÃO

À beira-linha os homens passando imunes à dor, indiferentes ao ser que jazia estraçalhado. Camafeu era uma carne esmiuçada sobre os dormentes, manchados com o sangue que se confundia com os resquícios de óleo impregnados na madeira. Ninguém o olhava, nem sua gosma caindo pela boca tocava qualquer coração transeunte: era mais uma morte despida de solenidade, um animal colhido pela locomotiva na noite espasmódica de um pátio de estação. Criatura sem eira nem beira, ladrou décadas pelos mesmos lugares e outras tantas sarjetas para cair nas armadilhas de um pontilhão coberto pela escuridão fria de junho. Sua cabeça pendida no vão entre dois madeiros desconsertava os olhares de quem passava. A cena se repetia, o dia era longo, e o velho cão sem armas sem plumas sem dono sem sepultura jazia com seus músculos inertes, sua massa encefálica precipitada no abismo, suas vísceras tumultuadas pelos mínimos abutres de um carrossel de moscas, sua ausência de heroísmo, sua vira-latice consumada numa tragédia sem testemunhas nem remorsos. Sua morte me desestabiliza, e nem há um resumo sequer de seus latidos que varavam a mesmice das tardes da linha férrea. Ninguém se lembrará de Camafeu, não teve direito a autópsia, certidão de óbito, enterro acompanhado por cães, gatos, gente. Tantas vezes a morte ensaiou seu canto e lançou seus tentáculos sedutores contra ele: nos chutes dos maldosos, no raspão dos pneus dos coletivos, nas iscas venenosas camufladas em nacos de carne jogados contra sua fome, na ira dos agentes da limpeza urbana. Mas ela veio numa noite sem avisos, apenas com a viscosidade do perigo e a tirania da perenidade. A solidão ferroviária com seus carbúnculos ferozes decretou a morte sem glória, o luto apagando a memória, chancelando o chão com tintas do sangue aviltado, em trágica simbiose com uma lua encantoada num horizonte de espantos.

3. ATRAPALHANDO O TRÂNSITO

Não sobrou nada da família de dona Hermínia. Ela saiu de Porto Calvo pensando que a vida ia ser melhor em outro lugar. Não foi feliz lá nem aqui. O filho único que deixou no mundo morreu naquela terça-feira gorda ao atravessar o Eixo Rodoviário, pouco antes do meio-dia, em frente ao Hospital de Base. Ele quis evitar o burburinho das passagens subterrâneas, desviar dos camelôs tranca-vias, que se acumulam com seus templos de bugigangas, vendendo artigos importados do Paraguai. Quis ir mais rápido para o outro lado, para ganhar a pista de acesso ao Setor de Autarquias Sul, dirigia-se ao Bloco L, onde iria fazer perícia no INSS e tentar a aposentadoria por invalidez. Já tinha estado lá pela manhã, retirou a senha 346 e calculou o tempo em que seria chamado para dar início à sua nova *via crucis*: lá pela hora do almoço. Mas não imaginou que seria chamado mais cedo para o Céu. Gilson era a única descendência de dona Hermínia, que um dia saiu da seca, peregrinou como Fabiano e Baleia, veio para uma Brasília que ainda estava sendo construída: comeu o pão que o diabo amassou, perdeu o marido no massacre da GEB no acampamento da Pacheco Fernandes Dantas, quando ainda estava embuchada do menino, e nunca mais quis casar. Quando ela morreu, Gilson sentiu-se só, mas a diabetes já o havia alcançado mais cedo que à mãe: perdeu o tesão, a vontade de lutar, não arrumou companheira, estava perdendo a visão, um princípio de gangrena no pé esquerdo, deixou o trabalho de balconista na Pastelaria Viçosa da Rodoviária do Plano Piloto e vivia num barraco de fundos em Samambaia. O dinheiro do auxílio-doença mal dava para se manter. O fluxo vertiginoso de animais metálicos irrompia pela via expressa do centro da Capital, e Gilson não teve paciência para descer as escadas que dão acesso às passarelas sob o Eixão e chegar à calçada em frente ao Banco Central e atalhar por dentro, até chegar ao prédio da autarquia. Preferiu cortar caminho, como sua vida, sempre cortada ao meio. Feito uma pálida sombra em meio a tantos automóveis nos dois sentidos, foi colhido por uma Besta e jogado longe. Quem vinha do lado oposto não dava a mínima. Os policiais chegaram em meio aos curiosos, quando sua alma já estava longe: *afastem-se, facilitem a perícia, desobstruam a pista.* Era mais uma vítima em meio a tantas que enxertam os obituários e congestionam o Campo da Esperança. Seu corpo estirado coberto por um plástico escuro e cortejado por quatro velas (duas já apagadas pelas rajadas de vento lançadas pelos carros em circulação), enquanto os policiais, nervosos, tentavam dar jeito no trânsito e afastar curiosos, jazia, numeroso de trevas e insulina, à espera da burocracia pública, triste e velhaca como a morte.

—

A rua é uma máquina de gerar histórias.
Marçal Aquino
(Correio Braziliense, "Pensar", 02.12.2001*)*

VESTÍGIOS DE UM MUNDO-PÓS E SEM NOME

Seja o que foi que luta pela luz
é mortalmente frágil
Zbigniew Herbert

Naquela casa não havia espaços para cismas e outras deambulações nos atalhos do mistério, pelos escaninhos do assombro ou nas vielas do desconhecido. Nunca se dobraram às imposições de crendices ou a quaisquer outros acontecimentos atribuídos a ocultas forças. Superstições — como passar debaixo de escadas, sair de casa numa sexta-feira 13, quebrar espelho dando vez ao azar ou chinelo virado para cima como prenúncio de morte de mãe — nunca fizeram parte do folclore doméstico. O pai era um homem dado à vida prática e à racionalidade; destemido, não acreditava em alma do outro mundo, não tinha receio de cortar caminho à noite passando pelo cemitério, pois dizia que os vivos são mais perigosos que os mortos.

Tudo isso mudaria. Um dia, justamente uma data tão referenciada como dedicada ao culto das bruxas, 31 de outubro, ganharam um cachorro, presente da madrinha de crisma de Luciana, dona Maria Pequena. Na rua ela era conhecida por benzer quebrantos e maldições, curar espinhela caída e mau-olhado, além de engordar porcos num chiqueiro que mantinha contíguo ao galinheiro, na beira do córrego que passava nos fundos da casa, alimentando esses animais com lavagem – restos de comida que recolhia diariamente na casa dos vizinhos.

A mãe deu ao *perro* o nome de Halloween, ingressou na casa como um membro da família. Nunca haviam tido animais de criação ou estimação, até porque, morando num imóvel sem quintal, com um pequeno espaço exterior cimentado onde a mãe lavava e estendia as roupas num varal de *nylon*, não sobrava um canto sequer para uma gaiola. O cachorro passou a morar num pequeno recinto improvisado sob o tanque, onde também depositavam sua comida e água. O pequeno chow-chow foi-lhes entregue com poucos dias de vida, de modo que, com o passar do tempo, acostumou-se com o pouco espaço e não tinha noção do que era viver na rua, em plena liberdade, convivendo com outros cães rafeiros a explorar terrenos, lixeiras ou andar sem limites nem direção.

Tudo começou a mudar depois de alguns meses, quando o advento da famigerada pandemia de covid-19 trouxe uma onda de desorganização social e repercussões danosas no equilíbrio emocional das famílias, no desarranjo funcional das empresas, bancos, fábricas, comércios, escolas, clubes, estádios, igrejas, relacionamentos, vida social — o mundo todo compulsoriamente instado a viver num regime de restrições impostas pelas autoridades, para evitar o aumento de contaminações e mortes que essa nova peste fez reviver, nos tempos modernos, as mesmas tragédias já sofridas por outros povos desde a Antiguidade. Ainda noutro dia, o pai relembrava à filha e à mulher as baixas causadas pela "espanhola", a febre que, no início do século passado, dizimou milhões de pessoas no mundo e matou o avô Acrísio e os tios Natalício e Hormenzinda.

Naquela casa, não fugiram ao esquete: foram obrigados a um confinamento (essa palavra que jamais havia habitado qualquer imaginário), sensação que jamais tinham experimentado em suas vidas, quando o distanciamento social virou regra e o isolamento um sintoma do que renomearam "novo normal". A quarentena proibiu circulação nas ruas, transformou o mundo num imenso campo de concentração, um tempo de estranhezas e ilhas, de ausências e virtualismo, de vigor desértico, uso obrigatório de máscaras e tanto silêncio, além de trabalho à distância, de novas terminologias a lhes desafiar: *home-office*, *live*, *lockdown*, *lawfare* &

o escambau de outras experiências incomuns. O tal teletrabalho obrigou aquele chefe de família a fazer as tarefas do banco pela internet, logo ele que detestava ficar em casa, costumeiro *habitué* das ruas, barbearias, botecos e bancas de jornais. A mãe, que raramente saía de casa, sempre atada às obrigações domésticas, à rotina imutável do cozinhar-lavar-passar, já se afetava com esse novo sistema de vida resultante das circunstâncias apartadoras. Era uma família pequena, apenas três pessoas, mais Halloween, que muita atenção também exigia.

Nesse tempo adulterado, com seus silêncios a usurpar a vida, a cada manhã, Luciana colocava em ordem as obrigações do seu ofício, realizando as demandas por computador, com as planilhas que o escritório de contabilidade lhe enviava para que gerisse a partir de sua improvisada estação de trabalho, um curralzinho apertado num canto de seu quarto, este que dava frente para a rua, agora um deserto, sem automóveis nem gente, sem mesmo ouvir os assobios do pleonástico Geraldino enquanto este malhava ferro no galpão insalubre da serralheria em frente.

Halloween, Luciana e os pais já não aguentavam o reduzido espaço em que se moviam. Já não podiam sair senão uma vez por mês, para ir ao supermercado reabastecer a despensa, comprar a ração do bichinho ou os medicamentos para hipertensão e colesterol da mãe.

De um momento para outro, apareceram ocorrências bizarras, quando a tensão já se acumulava em seu ambiente e um confronto de humores estava alterando o funcionamento normal da casa, agora um útero onde se rivalizavam tantos labiritintos. O velho, que já era ranzinza por natureza no antigo mundo normal, hiperbolizou-se, não dormia com tranquilidade nessa nova experiência com o desconhecido, o tumulto do sono (hospedagem de fantasmas) entrecortado por pesadelos. Deixa de cisma, Onofre, não há nada de mais, você anda estressado porque não pode sair de casa, já não pode jogar no bicho, se aquieta, que outro bicho tá pegando lá fora — disse-lhe a mulher.

Ele ouvia gritos ressonantes na madrugada, não sabia se eram sonhos ou se emergiam do fundo da noite, pois uma voz que reverberava entre as árvores da rua (não conseguia distinguir o quê, muito menos quem era) chafurdava-lhe sem cessar como um enxame, como cupins de aço entre seus neurônios, ecos baralhando e estridulando em sua cabeça como uma sibila no cio, um vórtice gelando a coluna, um *vade-mécum* de insanidades, numa confusão babélica e atormentadora. Uma sinistra mensagem ricocheteava como um bate-estacas: "Cuidado com o que fazes".

Há dias, ninguém descia as escadas para ir à caixa de correio recolher as correspondências e avisos de pagamento do período. Halloween já estava acostumado a receber o carteiro, quando esse passava diariamente entregando as encomendas postais nos domicílios, atraído pelo faro diligente e rastreador. Mas, há tempos, Zé Zuza já não tocava a campainha, passando a deixar os envelopes no escaninho de metal encravado no muro. Dona Germana foi à porta recolher o que havia na caixa abarrotada e espantou-se com o que viu: cada aviso de cobrança, cada boleto bancário, cada conta de energia ou água, tudo trazia um carimbo transversal com a efígie de uma caveira e a inscrição "Cuidado com o que fazes". Era a mesma senha que invadia o sono atropelado de Onofre e que a mulher insistia em desqualificar.

Naquela noite chovia sem trégua. As águas do Meia-Pataca subiam estrepitosamente, já invadindo alguns quintais. Na vizinhança, a casa de dona Maria Pequena era a que mais sofria com as enxúndias do rio, e agora ela já pressentia o vomitar das nuvens e a enchente inevitável: tratou de esvaziar seu gatil-canil, retirou as gaiolas que pendiam sob a mangueira, levou os três felinos, os canários e pintassilgos para dentro e a porca Madellon e o cão Evilázio, que não paravam de grunhir-latir, numa antecipação de algum presságio, notória a ausência de seu Gusmão, o tratador que vinha quinzenalmente fazer o asseio nos animais.

Enquanto isso, em casa, inertes, sem forças, acuados pela prostração de tantos dias de autoexílio provocado pela pandemia, tentavam (que Morfeu os teria acorrentado?) decodificar os inquietantes sinais: quem os teria cravado, tanto nos pesadelos diabólicos do pai, quanto nos envelopes deixados pelo correio? Não fosse apenas isso, ao abrir os olhos fatigados de tanta interdição na manhã que mal nascera e já sucumbia sob o temporal naquela insana sexta-feira, 13 de agosto, a filha, ao conectar seu computador, abismou-se com a tela que refletia, em muitos tons e variações de cor e letra, a mensagem que já havia pululado em outras instâncias reais e oníricas da residência: "Cuidado com o que fazes". Não se deu por vencida, enxugou os olhos, pensava estar ainda semiacordada, depois da noite mal dormida que neblinava seus olhos. Fez suas abluções e higiene e voltou ao quarto, mas a maldita sentença havia desaparecido. Porém, ao entrar com seu código de *login*, a primeira mensagem do correio eletrônico foi-lhe como um soco indefensável: recebia de si mesma uma postagem com os mesmos satânicos dizeres: "Cuidado com o que fazes".

Passageira de uma opressão intolerável, imaginava ser vítima de um inescrupuloso *hacker*, que invadia seu mundo virtual e sua realidade distópica para roubar-lhe dados (e a consciência) e injetar vírus, como acontecera na virada do milênio, quando foram deletados todos os seus arquivos, violaram o acesso às contas bancárias e cartões de crédito, o que causou-lhe imensos transtornos e prejuízos, consumindo tempo e dinheiro para serem reparados.

O dia passou sem novidades, Halloween amuado, como nunca se viu antes. Não quis comer o prato de lentilhas que dona Germana colocou, a água sem tocar, o seu olhar aniquilado por algo que parecia admoestá-lo de longe, imóvel e ensimesmado. Não se sabe como, mas Mussolini, um dos gatos da vizinha dos porcos, com suas garras afiadas, tinha saltado o muro e fazia companhia ao cão em estado de choque. Rondava por ali, andando em círculos, como numa prevenção e agonia inexplicáveis. O sol morria por trás do morro da fábrica de tecidos, a lua vinha débil, com sua claridade enferma, corroída pelas nuvens carregadas, estas que, vez por outra, iam e vinham traçando inusitadas silhuetas num céu já tão caluniado pelas substâncias do horror.

Veio a madrugada com seus vestígios e mistérios assombrar novamente a casa. Luciana levantou-se, foi à cozinha matar a sede e depois fazer o xixi que a obrigava todos os dias a acordar no meio do sono, por mais pesado que fosse, escrava que se tornara de diuréticos assim que se descobrira também hipertensa. Ao abrir a porta do banheiro, assustou-se com o que viu e leu. O vidro do armário sobre a pia estava trincado em forma de X e trazia insculpido, como se fosse uma marca d'água irremovível, a mesma advertência que já povoava não só as partes da casa, mas as mentes roubadas por um ser intangível, como uma praga: "Cuidado com o que fazes". Que macabro é isso!!, ela pensou nervosamente. Que diabos quer Deus me mostrar? — arguiu-se, tumultuada. Lembrou-se de outros tempos, não muito distantes, quando o pai via-ouvia-sentia certos ricochetes e acicates no corpo e na alma, no refluxo de suas terríveis memórias dos tempos da ditadura, quando fora submetido a torturas e sevícias por Mão Branca, um agente da repressão que visitava semanalmente o DOI-CODI e agia sob as ordens do Cel. Brilhante Ustra e do agente conhecido como "Alemão" (ou Lange) naqueles porões assassinos — situação emocionalmente terrível que parecia ter sido controlada desde que o pai frequentara o consultório do Dr. Dalmo, em anos de infrutífera psicanálise.

Pensou estar sendo acometida pelo estresse dos dias acumulados em casa, a pressão de trabalhar sem o contato com os colegas, a confusão dos noticiários que a cada dia irrompiam com cifras horrendas sobre o desastre sanitário oriundo da pandemia em todo o país e no resto do mundo, agravado por culpa e obra de um genocida e sua familícia enquistada na pocilga palaciana. Não, não podia ser verdade que, além dos dias difíceis que estavam vivendo, ainda teria que conviver com outra ameaça, sem saber sua origem, sua autoria, sua veracidade. Seria delírio ou realidade?

Terror criado pela avassaladora pandemia ou havia um perigo virtual a conjugar-se com as forças da natureza na concretização de uma última vingança do planeta aviltado, em sua fúria contra o tempo, as pessoas, o mundo cão?

Foram vários dias assim, numa sequência de atrocidades psicológicas provocadas por essas mensagens indecifráveis, sem que a família pudesse descobrir de onde provinham e o que queriam dizer, como se partilhassem produtos num armazém de sortilégios ou vivessem na iminência de uma emboscada de sombrias criaturas. Um outro vírus instalara-se no seio daquele domicílio e estava minando suas resistências e a imunidade emocional do lar, a ponto de não saberem mais distinguir o que era fato e o que era invenção de um inconsciente já perturbado por tanto desconforto, gerando monstros indestrutíveis e esfinges do incognoscível.

Na manhã daquele terceiro mês sem ter saído um dia de casa, Luciana não acreditou no que viu. Pensou estar num estado demencial, numa vaga de confusão lisérgica que seu metabolismo estaria deflagrando. Não, não era o que via, não era o que desejava ver nem sentir, narcotizada pela imagem brutal: o seu dócil Halloween de estimação empalado como Cristo numa cruz feita de garfos e facas retorcidos na estante, fincado num grosso volume de *O intruso*, de Stephen King.

—

Quando o gerente da imobiliária contou o que havia se passado com aquela insólita família num remoto ano de 2020 na casa à venda há tantas décadas, o cliente desistiu de fechar o negócio.

... estamos vivendo a queda apocalíptica do nosso mundo e buscando o nosso caminho nas trevas...
Otto Maria Carpeaux

O MUNDO INVISÍVEL

O máximo que conseguia era receber cumprimentos por telefone ou via postal, bicho-do-mato que era. Seu viés antissocial, característica que se manifestou desde a remota infância, foi tomando corpo com o tempo, pesando-lhe nas costas a cada ano, a véspera de aniversário como prenúncio de uma agonia. Dênis detestava aniversário da mesma forma que tinha pavor de evangélicos, música sertaneja e futebol. Era um mal-estar que o desobrigava a ceder, a receber cumprimentos, preferindo aninhar-se bem longe, onde não teria, por nada desse mundo, que — *noblesse oblige* — corresponder, educadamente, aos apupos, vivas, soprar velas e tudo o mais que vem a reboque desse indesejável "festejar'.

Ainda estão bem presentes os tempos do jardim da infância: a) o primeiro passeio escolar pela cidade, naquele ônibus lotado de alunos, ele entrincheirado, no fim, com necessidade de urinar, tendo que ser humilhado pela turma inteira quando, não contendo a vontade e não conseguindo solicitar ao motorista para que parasse num local em que pudesse ir ao banheiro, viu-se molhado, num espetáculo que o deprimiu; b) quando a professora Margarida, ao fazer a chamada, pronunciava seu nome, aguardando a sua voz reverberando a presença. Entocado em sua carteira, conjugando espaço com outro aluno,

Dênis sempre sentindo-se um peixe fora d'água, a cabeça semiabaixada, respondia com a voz quase imperceptível, sob os olhares, risinhos e chacotas de toda a turma. Não sabia o que eram aquelas ofensas tormentosas, que hoje a moderna psicologia batizou de *bullying*.

Esse estado de exílio tanto emocional quanto físico transformou-se na grande tortura de toda a sua vida. Um garoto que se sentia fora de hora, fora de lugar, fora de órbita. Fora de si. No dia em que foi obrigado a apresentar-se ao Exército, apesar de ter tentado de todas as formas, até com pedidos de políticos, safar-se do serviço militar obrigatório, debateu-se com a grande muralha que deveria vencer, a timidez. Diante da ordem unida de perfilarem-se todos os convocados para o exame, nus diante do médico do quartel, viu-se num corredor de fuzilamento de olhares e semblantes que já anunciavam a desconfiança de que ali estava um ser em desconforto, dando origem a piadas e chistes que o atormentavam ainda mais, a face enrubescida de tanto pudor, sua magreza e palidez confrontando-se com corpos já desenvolvidos e atléticos. A vida parecia ter-lhe sido madrasta, contribuindo a cada dia com a imposição de um degredo pessoal, consolidando o que se tornaria um permanente sentimento de deslocamento e alheamento de tudo o que para o resto do mundo seria normalidade e ambientação sem esforço.

Dênis foi, a cada etapa da vida, um habitante do feriado existencial, o ausente de si mesmo, no autoexílio que impunha ao chamado do dia a dia, seja na família, no trabalho, nos afetos. Ensimesmado em sua ilha interior, onde os compartilhamentos coletivos não tinham lugar, o mundo parecia ficar cada vez mais inóspito e irrespirável, porque a aceitação de certas ocasiões havia de provocar-lhe mais e mais desejo de não estar em lugar nenhum, como nas datas dedicadas às mães, aos pais, aos namorados, a Natal e Ano-Novo, ou convescotes e reuniões festivas para os quais era necessária sua interação, como nas trocas de amigo oculto, chás de panela e de bebê — tudo isso para ele era um pânico sacrificial sem fim.

O amor de Sandra chegou em meio a todo esse espectro vivencial que contornava sua vida de quase anacoreta. Ela tentava apaziguar seus medos e receios obsessivamente cultivados, na esperança de dar-lhe outro rumo, revogar sua dificuldade em enfrentar o que para ele eram obrigações demasiado custosas de compartilhar. Aos poucos, a menina ia tentando introduzi-lo minimamente nos ambientes em que o convívio pedia um certo relaxar de posturas e um mínimo de exposição e enfrentamento daquilo que, para a generalidade das pessoas, era comumente aceito como normalidade.

Mas foi numa ocasião em que a namorada, intuindo que Dênis não se importaria com a surpresa que ela prepararia no dia do seu aniversário, aquele 1º de abril que ele nunca comemorou em toda a sua vida, que ele foi traído pela ironia da própria data. Ao sair pela manhã, tomou café com Sandra na padaria da esquina de casa, como faziam sempre, antes de cada qual ir para os trabalhos, que ficavam a pouca distância um do outro. Ela disse que o encontraria na hora do almoço, para irem a um restaurante do Centro.

— Você promete que não vai fazer festa pra mim, não é?

— Fica tranquilo, Dê, eu sei que você não gosta de comemorações, ajuntamento de gente, parentes e amigos te olhando e cantando o *Parabéns pra você*.

— É isso mesmo, nunca dei bola para essas coisas, sou mesmo um misantropo, mas é meu jeito, não consigo ser diferente, entende?

— Na sua casa, em sua infância, sua mãe não fazia nem um bolo no seu aniversário? Não convidava os amiguinhos? E você não ia às festinhas de seus amigos de rua, colegas de turma?

— Nada.

— Muito estranho. Não conheço ninguém como você, toda gente gosta ganhar presentes, comemorar com os outros, fazer uma farra danada.

— Mas eu, não. Eu me sentiria bem mal se fosse diferente. Não sou infeliz por isso, gosto de viver do meu jeito.

— Não consigo entender de onde vem tanto desejo de não ser visto, não se relacionar.

— Nem eu. Mas o mundo só é bom se eu puder não estar nele.

Tinham marcado de se encontrar no Picanha na Brasa, às 13h daquele 1º de abril, dia em que Dênis completava 25 anos.

Já quase chegando ao restaurante, Dênis mal sabia que Sandra o havia convidado não para um almoço, mas para uma surpresa que ela intuía ser agradável a ele, pois, para ela, o que não é sabido de antemão, o impacto da descoberta súbita, ao invés de revelar o desconforto do destinatário da homenagem, poderia gerar reação divergente.

E foi assim que, ao entrar no grande salão, onde mesas, talheres e bufê se ordenavam de forma impecável, Dênis foi recebido com apupos e um coro — *com quem será?/com quem será?/que o Dênis/vai casar?* —, ao mesmo tempo em que uma escultura em isopor, reproduzindo um imenso bolo, era rompida e dela saía Sandra, vestida de Carmem Miranda, dirigindo-se ao namorado, que, estupefato e sem forças, caiu com o rosto enterrado no bolo verdadeiro, que estava bem ao lado, no centro, para onde convergiam os olhares que tanto o fulminariam.

Parece mentira, mas é verdade, apesar do 1º de abril — deu-se o mico que ele jamais esqueceu e que foi a razão de enfurnar-se ainda mais em seus pensamentos e na sua casa, guardiã de seus incômodos.

—

E agora, prestes a completar seus 80 anos, premido por um *alzheimer* que o deleta da realidade e dissolve sua memória a passos largos, Dênis dança e canta vestido como a pequena notável, ele que nunca quis ser visto em toda a sua arredia existência.

URÓBORO

na velha casa
a solidão traça uma rotina fúnebre
Amosse Mucavele

Outro dia ouvi a respeito da história da cobra que morde o próprio rabo. Aqui, nesse imenso deserto em que se converteu minha casa, parece que é essa ilha que não cessa em que me encontro. Estou aqui com minhas coisas, com meus cansaços e minhas dúvidas, apegado à Babel de livros ou aos excessos do café. Tantas são as chávenas que dreno durante o dia quantas são as páginas que vasculho do nascer ao raiar do dia.

Um dia ganhei uma bola, menino era, mas nunca me seduziram os chutes, caneladas e gritos de gol. O ludopédio sempre foi pra mim algo incompreensível. Ela está ali, como um fetiche, ao lado de *O estrangeiro*, de Camus, para lembrar que ela é tão estrangeira em minha vida, e um estádio de futebol é arena tão inóspita, que não me faz falta. Estou apaziguado por nunca ter tido paixão pelo desporto popular, que atrai multidões e gera uma energia descomunal no planeta, tanto física quanto monetária. Apesar de ser meu autor predileto, dele discordo em número, gênero e grau. Admira-me que tenha dito "Depois de muitos anos em que o mundo me ofereceu tantos espetáculos, o que finalmente eu mais sei sobre a moral e as obrigações dos homens, devo-o ao futebol". Talvez a bola esteja ali, intocável (desde que a ganhei de meu avô, ao completar sete anos), apenas para me lembrar disto: que no campo existe uma lógica, uma ética e uma norma que eu não consigo encontrar na vida ordinária ou na política. Mas isso não me convence a botar os pés num gramado, as únicas quatro linhas que me interessam são as da página de um livro. Ali, não disputo com ninguém nenhum campeonato, não cobiço a sorte de CR7, Messi, Neymar e outros pelés, garrinchas & ronaldos de agora, (reféns mercenários dos patrocinadores, esses filhos miliardários do esporte bretão, que mal sabem usar o plural ou colocar corretamente um pronome e ganham — verdadeiro escárnio! — mais que um professor ou um médico do serviço público); compareço a uma partida que não termina nunca, apesar dos intervalos para as refeições e o sono, porque sempre há uma jogada que desconhecemos, um lance imprevisto, um salto ao gol nesse variado time que habita esta casa, onde o tempo, tripudiando as paredes com seus mofos e batizando com ácaro as prateleiras, diz tanto do imponderável que nos circunda.

Todos os dias vou para aquele lugar onde me sento a observar a cidade. Da minha varanda vejo o mundo sem sair dele e mergulho os olhos no instante, e a rua é um rio sem fim, usina de acontecências. Flagro a consciência imiscuída na realidade palpável, que confronta com os rituais de dentro, da cozinha, do serviço que se renova a cada nascer do sol, da imutabilidade de todos os gestos, minhas pálpebras sobem e descem como uma porta de aço de uma casa comercial em sua pandêmica pontualidade.

Olho em volta, a bola está lá, ensimesmada, entrevada numa solidão povoada pelos silêncios da casa. Mas ela parece me trazer, e não há muita explicação, para essa torrente que replica dentro de mim, como se as madeleines proustianas apertassem o gatilho de minha memória.

As pessoas passam. Passam lá fora e dentro de mim. As que estão vivas e as que já se foram. Dona Laura está lá no aconchego da cozinha fritando ovo para o balconista da farmácia e me traz mais outro café, o segundo do dia. O bule e a bola estacionária são meus companheiros, faça chuva ou faça sol. Daqui a pouco ela virá me pedir licença para ir embora, o serviço já findo, essas tarefas imutáveis que se renovam sempre as mesmas na infância de cada manhã e se despedem na redundância das noites.

Não consigo interditar o que me incomoda, insisto em pagar pedágio à melancolia nessa alfândega de passividade. As coisas assim mesmo: iguais todos os dias. Eu a contemplar a bola muda e enigmática. O café se esvaindo copo após copo, o circular pleonástico de veículos na praça rumo ao nada (animais metálicos conduzindo manequins), permaneço aqui neste nenhum-lugar pra contar a história, apagar a luz, ver o circo pegar fogo, dar murro em ponta de faca, enfim matar o que me matou: o tempo e sua inexorável moenda dos dias.

No fundo de minha alma restam as palavras, o desleixo com o que não posso mudar, a bola, o café: são como a mesma rosa subversiva que, rompendo o asfalto, vinga-se transgressora do fluxo da vida e da indiferença das coisas. Todos os dias estão aqui, apesar das tempestades. Feito Sísifo, como Prometeu, subindo e descendo a pedra, acorrentado às minhas próprias lutas, ao meu Eu, à minha dor desatinada e solitária numa caverna de muitos labirintos, eu perdido sem o fio de Ariadne, sem o gozo e sem a trégua, enquanto lá fora o tempo se abre, os girassóis proclamam a glória de Van Gogh, e tudo aqui, dentro de mim, enviesado, tessitura da dissimulação, a corda-bamba. Nessa casa e seus segredos, nesse lugar e seus degredos, os meus olhos tentando alcançar as fronteiras do indizível, o ciclo que não muda, onde está a cauda da serpente que me coube? Deixem estar a bola, tragam o meu café. A roda-viva, o moto-contínuo.... URÓBORO....

VOZES

O que fala pela voz do que não fala
é talvez
o rio subterrâneo
o grito que se cansa
antes de ver a luz.
Eloésio Paulo

Desde o dia em que dona Leontina mudou-se, levando consigo seu Juvenal, já alcançado por um severo e demolidor *alzheimer* (esse animal esconso, incinerador da consciência) que o desfigurava há anos, a casa ficou vazia por muito tempo. Eu e os meninos do senhor Alziro, vizinho da frente, passamos a brincar naquele quintal sem dono, que era lindeiro à nossa cerca de bambu, e a festejar nossas aventuras, terreno para inusitadas incursões.

Os dias passavam incólumes, sem muitas expectativas de que a antiga residência do velho relojoeiro seria ocupada, e nós a reinar naqueles espaços em que (re)criávamos nossos mundos. A casa fechada, nunca a adentramos, mas fazíamos nossas expedições pelo porão, debaixo do qual entrávamos sem esforço, e lá inventávamos roteiros que nos levavam a mundos escuros e inauditos, uma caverna que nos apartava do mundo exterior, como se fôssemos Robinsons Crusoés em um enclave misterioso.

Nossas viagens por aquela ilha emprestada pelo acaso um dia foram interrompidas, quando a casa foi vendida e os novos moradores se alocaram, sem que ao menos estabelecessem relações com a vizinhança. Só soubemos que havia novos inquilinos porque numa noite notamos luzes acesas em seu interior, embora não tivéssemos percebido a que horas e em que dia chegaram os novos moradores.

Dia após dia, mamãe punha-se a varrer a calçada, como fazia todas as manhãs, aguava as plantas do jardim e olhava fixamente para o imóvel-esfinge, cujas janelas nunca se abriam e cujos habitantes nunca davam as caras. Não havia movimento de entrada nem saída de pessoas, ali já não se recebiam visitas, nenhum entregador nem carteiro ultrapassava o portão de ferro, que nos impedia o acesso com sua geringonça, uma corrente que se entrelaçava em várias voltas, como uma jiboia metálica oxidada. No entanto, pulávamos o portão, sem nenhum obstáculo. Nossas idas à casa circunscreviam-se somente ao quintal e àquela (improvisada) caverna que penetrávamos sob o assoalho, em cujas frestas podíamos flagrar móveis, lustres, fotografias desbotadas e um imenso vazio coroado de teias de aranha, um silêncio às vezes quebrado por sons ou movimentos sinuosos de alguma ave ou inseto ali albergados.

Meu pai voltava tarde da noite, depois de fechar a barbearia, que ficava do outro lado da cidade, na margem esquerda do rio. Sempre que chegava, com sua penca de chaves tilintando, penduradas no cinto, e seu inconfundível cheiro de Água Velva, ele cochichava com minha mãe e com a Zulmira, nossa empregada de anos, que ouvia um som, sempre o mesmo som, que ele não conseguia distinguir.

É um vozerio estranho, Cidinha, que parece conversa de gente reunida, ou alguém falando sem parar como se não tivesse alguém ouvindo — ele dizia. Você está cismado, homem, chega cansado e ouve coisas. Não há nada lá, se nem gente entra ou sai, ela retrucou. Parece que está ouvindo vozes do além, seu Gusmão — completou a empregada, que já estava pondo a mesa para o jantar.

Esses ruídos podiam ser dos pombos que faziam ninho em nosso telhado e desapareceram de uma hora para outra e ali encontraram novo *habitat*. Ou de alguma ave que rapinava pelo alpendre povoado de teias de aranha. Podia ser o barulho do vento assobiando pelas gretas da casa. Ou o gato Félix, do seu Guedes do cartório, que sempre fugia pro nosso quintal e ficava de tocaia à espera dos ratos que turistavam, fugindo pela fresta da rede de esgoto que perfilava o muro. Podia ser tanta coisa, pois tanto na casa quanto na cabeça das pessoas há imaginação que cria mundos e inventa vozes.

Assim passaram-se dias e dias, noites sobre noites, sempre a mesma conversa do meu pai, sua cisma que se renovava a cada volta do trabalho. Minha mãe pensou que ele estivesse obcecado com aquela ideia de vozes, chegou a ficar muito preocupada com a fixação dele que a atormentava.

Não sabíamos nada sobre aquela casa desde que dona Leontina e seu Juvenal foram embora, nós só os conhecemos como os moradores do nº 217 desde que viemos habitar a rua, diziam que a casa já havia pertencido a inquilinos estranhos, entre eles os Shifmann, uma família de alemães esquizofrênicos (dizem que refugiados após a derrota do nazismo), que ali viveram muitos anos e cujos descendentes, que moravam em outro estado, não tinham qualquer interesse em ali viver e a alugavam desde então. Mas por que, depois que nossos vizinhos se mudaram, nunca mais apareceu ninguém para alugar ou comprar, embora um dia percebêssemos as luzes acesas e dali em diante vozes e distúrbios emanassem do seu esconso interior, esse rio de mistérios a nos provocar?

Em certo dia, meu pai encontrou-se com o Adílio corretor enquanto aguardava na fila do banco para pagar algumas contas. E ele indagou como andava o novo morador, se já tinha se ambientado com a vizinhança. Meu pai assustou-se com a informação e disse desconhecer qualquer movimento de moradores — diabos, não vejo uma alma viva entrar ou sair, agora você me vem com essa!

Adílio contou que há dois meses a casa fora vendida para um octogenário viúvo, um polonês que vivia no Brasil desde os nove anos e que comprou a casa, que já estava mobiliada, como era sua exigência. Homem de posses, mas discreto, queria passar o resto da vida no interior, depois de ter vivido mais de sete décadas na cidade, onde não tinha mais interesses, depois que vendera seu apartamento e passara a alfaiataria.

Soube-se que o velho se chamava Germano, invisível e legítimo morador da casa que adquiriu, e para lá se transferira no feriado do último Carnaval, dia em que a maioria dos vizinhos tinha ido veranear nas praias da Baixada Santista e não percebeu sua chegada.

As vozes não eram, de todo, invenção.

Aquele domingo chegou anunciado por um sol escaldante. Dona Aparecida saiu para varrer a varanda e encontrou dona Nicinha, que vinha dos lados da calçada da casa de Germano e parecia assustada.

Viu fantasma, comadre? — disse minha mãe à vizinha.

Mas minha madrinha Nicinha estava branca como parafina. Apontou para a varanda da casa. Veja aquilo, comadre Cidinha. Minha mãe paralisou a vassoura e mirou de longe uma nuvem estranha de moscas a coreografar um estranho bailado na varanda do casarão do até então desconhecido Germano.

Meu pai, que acabara de tomar café e preparava-se para dar comida aos pássaros nas gaiolas penduradas nos fundos, foi alertado por mamãe e não hesitou, pulou o muro da casa e chegou bem perto, com aquele zunir de insetos pressurosos tentando arrombar a porta com uma nuvem escandalosa e agitada de minúsculos famintos, como atraídos por algum alimento de que careciam. O marido da madrinha Nicinha, seu Adalberto, veio em seguida e juntou-se ao espanto de meu pai. Que cheiro estranho, Salomão, vamos ter que arrombar para ver.

Com alguns chutes os dois conseguiram derrubar a entrada, e o que viram não desmentia, em parte, as vozes que meu pai ouvia toda noite ao voltar do trabalho. Sentado à mesa, com a cabeça arriada sobre um prato de comida já muito apodrecida, um corpo acinzentado, inerte e inerme, jazia ali, agora sob o disparate das moscas que disputavam saciar sua fome na carne putrefata cujo mau cheiro já irradiava por toda a rua, entre olhares curiosos que se juntaram em pequenos grupos, receosos de se aproximar.

Não havia almas de outros mundos, fantasmas, espíritos, vozes sinistras como papai queria crer quando voltava do trabalho. O velho, do qual ali só restava a carcaça, vítima de um mal súbito tão logo tomou posse da casa recém-comprada, sequer teve tempo de fruir da sua nova moradia. Nem desfrutara de uma de suas primeiras refeições na nova casa.

Ah... as vozes. Essas só eram ouvidas à noite, quando os burburinhos da rua e o som dos carros haviam cessado, justamente na hora em que papai, bem tarde, voltava do salão. Eram emanações da televisão que estava ligada, e, assim, ali permaneceu dias e dias, desde quando Germano sucumbiu à tirania das Parcas.

VÓRTICE

O passado é a coisa mais imprevisível do mundo,
não para de se transformar.
George Orwell

Durante a cascata de insatisfações que se acumulavam no país, culminando naquele junho incandescente de 2013, meu caminhar trôpego e sem rumo foi dar na confluência da Consolação com a Avenida Paulista. Um caldeirão de vozes e palavras de ordem se imiscuíam e confundiam-se com a guerra que eu vivia internamente, o tempo de outros tempos parecia ressuscitar em meio àquela praça de guerra que em tudo me fazia rememorar os tempos da luta política e estudantil, quando ainda habitávamos o terreno pantanoso da utopia.

Os *black blocks* de agora me chafurdam a memória, povoada ainda das imagens daqueles motins afrontando os militares que fermentaram o golpe de 1964. Inflamados de vida e de revolta, enfrentávamos os cães e o exército que invadiram o campus da universidade e conspurcaram as nossas vidas para sempre.

Quarenta anos nessa noite de estridências e fumaça, em meio a esse oceano de gente, coreografia de vozes e tumulto de bandeiras, sinto-me um personagem de Louis Malle, tentando reabilitar um passado que em tudo parece retornar com outras forças que não desconheço. Embriago-me desse presente que me é tão caótico e confuso, nesse cipoal urbano em que me aparece Paloma, vinda do fundo das eras, daquele escuro em que nos abandonamos.

Observando tudo de longe, em meio à cordilheira da fumaça das bombas de efeito moral, dos pressurosos celulares que tudo captam para lançar na rede *on line* e *on time*, no coração da massa humana que se desloca de Pinheiros ao Centro da cidade, é que vejo um corpo esguio, costurando os passos na multidão, capturando o caos numa máquina fotográfica, cuja objetiva sobressaía em meio aos seus cabelos encanecidos e ao torvelinho de outra nuvem, a da fumaça do cigarro que ela tragava nervosamente, interrompendo suas baforadas apenas quando disparava seus cliques em direção ao movimento, como uma metralhadora alvejando as cenas de horror numa praça de guerra. Paloma me viu de uma distância considerável, mas não que a impedisse de reconhecer um vulto ao longe, como o meu. Pendurou a Canon no pescoço e correu ao meu encontro. Eu ainda não tinha conseguido divisá-la claramente no meio daquele distúrbio todo (aquela silhueta me lembrava de alguém distante, mas familiar): o gás lacrimogêneo, os estopins de pimenta lançados a esmo, sirenes, quebra-quebras em lojas e bancos —, essa coisa toda que só acontece uma vez na vida nessa cidade quatrocentona, burguesa e dividida e que depois cai no esquecimento, como todos os movimentos de massa que surgem como erupção momentânea e não se repetem com a mesma intensidade.

Eu queria muito rever Paloma, há anos pedia por isso. Ela desapareceu depois que os homens da repressão invadiram a república de estudantes em que morávamos em Brasília, que dividíamos com várias moças e rapazes oriundos de diversos estados. Eles entraram esbulhando o pequeno apartamento, quebrando o que encontravam pela frente, arrombaram armários, destruíram fotos, queimaram livros, lançando tudo ao chão, numa cena de terra arrasada, como quem procura indícios de um crime horrendo. Paloma fugiu pelos fundos, abandonou a cidade e o curso de Filosofia, e nunca mais a vi.

Nunca mais soube de Paloma até esse junho adernando no tumulto, adensado pelos motins que ainda não conseguíamos definir a serviço de que causas. Para mim as coisas eram simples: se não tinha se escondido, estaria numa cova clandestina ou enterrada como indigente num cemitério de periferia qualquer, como teria acontecido a tantas vítimas das ditaduras em nossa castigada Latinoamérica. Estou aqui e vêm-me à lembrança as mães e avós da Plaza de Mayo, sinto agora a mesma força daquelas mulheres argentinas pedindo notícias de seus filhos e netos, ou mesmo o direito de enterrar seus corpos, usurpados pelos milicos assassinos. Como aquelas mulheres de Buenos Aires, ou como o poeta Juan Gelman (que passou décadas procurando os filhos, o genro e a nora grávida sequestrados pela ditadura e lutou por anos para encontrar a neta), eu jurava que nunca mais reencontraria Paloma, pois os anos se passaram, foi-se embora a longa noite de obscurantismo, ela não estava incluída em nenhuma lista de desaparecidos, eu tinha a esperança de reencontrá-la, mesmo que isso fosse confirmar que seu desaparecimento não fora provocado pela morte, mas por uma possível cooptação, impelida compulsoriamente à traição, como muitos fizeram e se mandaram para algum lugar, beneficiados pelo anonimato, para poupar a vida.

As ideias turbilhonavam em minha cabeça nesse breve espaço de tempo, quando seus passos se repetiam velozes rumo a mim; vinha do outro lado, onde abriu-se uma clareira em meio aos confrontos, quando uma pequena parte da multidão corria para escapar aos jatos de gás e de pimenta lançados pelos policiais.

Paloma, rosto sulcado pelas voçorocas do tempo, avançava e, sem que eu soubesse, estávamos dando asas à louca procura de anos. De um lado, a surpresa do reconhecimento; de outro, a lembrança de velhas batalhas que tínhamos travado — em vão? — naqueles anos invadidos pelos coturnos, mas turbinados pela utopia e que em tudo se pareciam com o que estávamos presenciando naquele episódio, mais dantesco que consciente, de uma população amotinada ainda na adolescência de uma (já viciada) corrupta democracia.

— *Paloma!*

— *Tavinho!*

Quase paralisados, foram as únicas expressões que, mutuamente, conseguimos dizer, tão assustados e surpresos com o que a história novamente vinha nos aprontar. Realidade ou miragem? pensaria o leitor, mas era a força de uma redundante expectativa que nunca morreu dentro de mim.

Repito: encurralados por uma emoção paralisante, a única coisa que conseguimos foi nos abraçarmos e pronunciarmos nossos nomes, tantas vezes quanto fossem as necessárias para que nossas vozes denunciassem que estávamos vivos — e vivos um para o outro —, enquanto nossos olhos se fixavam numa vibração silenciosa, de tirar o fôlego. Éramos como duas criaturas surpresas, indiferentes ao burburinho.

Não supunha que ela fosse capaz de correr tão fortemente em direção ao meu encontro. Ela que nunca fora de demonstrar sentimentos nem revelar paixões. Lembro-me de quando chegou lá em casa a notícia da tortura e morte do Natanael, que havia sumido e depois sido descoberto preso numa cela no Rio, torturado pelo delegado Fleury. Sua reação foi fria, sem esboçar a mínima tristeza. Era como se uma morte no meio daquela guerra fosse apenas um dado óbvio, mais ou menos como a lógica stalinista: "a morte de um homem é uma tragédia, a de um milhão, uma estatística". Naquela época éramos jovens, sim, mas nosso idealismo nunca poderia suplantar as razões do coração. E foi aí que eu já começava a desistir de tudo, porque não concebia revolução sem coração.

O nosso abraço durou alguns minutos. E naquele esforço para nos escutarmos, em meio à agitação das ruas, saímos no sentido oposto aos distúrbios, descemos em direção à primeira estação de metrô, pois desejávamos sentar em algum bar e saber um do outro, porém os acessos às plataformas estavam blindados para que fosse evitado o quebra-quebra que sempre ocorre nesses protestos políticos que estavam caracterizando aqueles últimos meses, num país dividido, cuja democracia estava ameaçada novamente pelas forças reacionárias e pelo golpismo dos saudosistas de plantão.

Seguimos para o primeiro ponto de ônibus numa via paralela, para onde o trânsito fora desviado, onde uma multidão de pessoas, muitas delas recém-saídas do trabalho, aguardavam para embarcar. Ao subir no veículo já abarrotado, pés tropeçavam entre corpos suados, em meio à confusão da hora. As reclamações se multiplicavam durante o trajeto — havíamos tomado o coletivo em direção a Itaquera —, os usuários do transporte público indignados com a indiferença dos vários motoristas, que não paravam nos pontos após o sinal dos passageiros, nem mesmo para recolher outros, temendo transformar a viagem num cárcere ambulante.

Sob aquele espectro agitado, entre vozes dissonantes, não conseguíamos dizer nada além daquelas palavras iniciais de espanto: — *Paloma!* — *Tavinho!* Estávamos ali no meio de outro furacão, as pessoas começavam a se agitar dentro daquele ambiente onde era impossível se deslocar, como se fosse uma lata de sardinha a sacolejar de um lado para o outro.

Assim fluía o tempo cronológico (mas a tirania do relógio não era maior que a interminável sensação psicológica), as ruas ficavam para trás, os pontos de parada como formigueiros humanos e o desconforto e insatisfação generalizando-se dentro do ônibus. A velocidade com que o motorista conduzia o coletivo lotado de vidas cansadas do dia passado fora de casa impingia uma certa inquietação naquele espaço, sufocante, inóspito. Eu — interditado por vozes que reclamavam altissonantes, como num coro desafinado de trabalhadores, donas de casa, estudantes, aposentados, idosos, novos e crianças que se apertavam já sem mais lugar para respirar — tentava dar sequência à nossa conversa inicial, inaugurada naquele momento crucial que as ruas encenavam. Muitos dos passageiros eram funcionários de uma confecção de roupas, como as dezenas que empregavam bolivianos explorados em subempregos e salários irrisórios.

No furacão do vozerio, Paloma relembrava o que ocorrera décadas atrás, em nossa juventude movida a utopias, os confrontos que alimentavam nossas lutas, e foi ali, enquanto corpos se engalfinhavam, tentando deter a fúria do motorista que não atendia aos sinais sonoros para paragem, que ouvi, vindo do final do carro, como uma flecha alucinada, a voz que calou outras vozes, como num suplício e numa admoestação:

¿Pero este colectivo para em algún momento
o estamos todos yendo a la casa del chabón?

Olhamos todos na mesma direção. Aquela inquirição indignada, lavrada num portunhol que comunicava uma apreensão e uma incerteza, partia de uma jovem espremida no exíguo espaço que dava acesso à escada traseira. Suas feições amorenadas, cabelo liso como dos indígenas de nosso espoliado continente e um olhar agudo próprio daqueles que conhecem ancestrais sacrifícios, diziam de alguém tão deslocado e estrangeiro, refugiado do inconcebível, como éramos eu e Paloma, tantos anos depois, naquele ônibus inflado de pessoas, como fôramos num passado congestionado de dúvidas: carregávamos nossas utopias, sem saber em que destino desceríamos.

JOÃO & MARIA

Chamados às pressas pela delegada Nazaré Rodopoulos, da 17ª Delegacia Policial do Distrito Federal, os investigadores Madelônio Cançado e Palmerinda Pessanha recebiam a incumbência de desvendar um acontecimento ocorrido trinta e quatro anos antes, quando o rumoroso caso dos irmãos João Bach e Maria Amadeus (sobrenomeados Fischer) chocou a crônica policial da capital da República.

Os recém-nascidos, roubados da enfermaria do Hospital Geral em plena Quarta-feira de Cinzas em meados dos anos 1980, deflagraram a maior operação de busca jamais ocorrida na história policial da cidade. Não houve testemunhas, câmeras ou seguranças da maternidade daquele nosocômio que explicassem o sumiço misterioso dos gêmeos, um bem arquitetado plano que foi executado sem deixar rastros e que desafiou as autoridades e os especialistas no desvendamento de crimes dessa natureza.

Sabe-se, agora, que os jovens Mauro e Maura, estudantes de Goiânia, acabaram por assassinar sua mãe a golpes de porrete e depois a jogaram numa churrasqueira, numa mansão do Condomínio Nova Alvorada. Durante a vida toda foi-lhes escondida a condição de adotados, criados por uma viúva sem filhos, Madalena Fischer, uma estranha que fez fortuna na cidade administrando um cassino ilegal, além de bancas do Jogo do Bicho espalhadas por todo o estado.

Ao chegar à casa onde o torpe assassinato fora consumado com requintes de perversidade, a Delegacia de Homicídios do Jardim Americanópolis apurou que por trás daquele assassinato residia uma história inimaginável.

Quando, naquele remoto 1986 (o país recém-saído da ditadura, mas ainda viciado nas maquinações do aparelho repressor), a falsa enfermeira Lucinete enviesou-se pelo hospital sem ser notada, chegando à sala onde se localizavam os berçários, com os diversos leitos enfileirados com os bebês que haviam nascido nas últimas horas, João e Maria lá estavam, com suas pulseiras de identificação, lado a lado. Ela não hesitou e os abduziu, sem que ninguém se desse conta.

Ao esperar a hora mágica em que daria o peito para o colostro dos bebês, a mãe, já inquieta pela demora, foi surpreendida pela visita da enfermeira de plantão Dinorah Videla e pelo ginecologista e obstetra Dr. Salazar Médice, que realizaram o parto. Vieram trazer-lhe a infausta notícia de que seus filhos não estavam nas incubadoras, culminando num desespero que se prolongaria pelos anos que se seguiram, com o insucesso de reiteradas diligências policiais e judiciárias. O tempo e a vida passavam, e a família presa ao luto desse desaparecimento, uma casa destroçada pelo infortúnio.

(...)

João e Maria há muito desconfiavam de que algo não calhava. Começaram a perceber com os anos as diferenças entre eles e a mãe, a ausência de qualquer semelhança física. Desde cedo foi-lhes contada a história de que seu pai havia morrido tão logo nasceram, mas sequer havia uma foto desse que nas suas certidões de nascimento registrava-se como Emílio Fischer, um filho de alemães naturalizados brasileiros, que enviuvou Madalena após sofrer um desastre de avião quando retornava de um garimpo clandestino no Pará.

O deslinde da dúvida deu-se por acaso, quando um dia, na ausência da mãe (até então tida como a verdadeira progenitora), a menina chafurdou num velho cofre que, por descuido, a mãe esquecera aberto (e que era alojado atrás de uma reprodução de "O grito", de Munch), onde quinquilharias dividiam espaço com fotos, documentos, joias, letras de câmbio, notas promissórias e escrituras imobiliárias, deparando-se com duas certidões de nascimento e duas etiquetas enroladas em fitas vermelhas com a logomarca do hospital, em que se liam os nomes Mauro e Maura (ambos Figueiredo) e a data do parto.

Foi a chave para que puxassem o fio de um novelo que vinha se enrolando (e agora os desafiava) há 20 anos, e que agora parecia não mais poder ser esticado.

Entre o desespero e o grito inicial que fulminaram o silêncio da casa e que chocaram os dois, foram intermináveis os minutos de espera para a chegada da mãe bruxa para que pudessem tirar a limpo essa história que agora era uma tormenta em suas vidas.

A casa que os acolheu após o furto, ainda nas primeiras luzes da vida naquela maternidade, era agora o calvário, o suplício, a masmorra de que precisariam se livrar.

Quando os policiais entraram no local, encontraram Madalena carbonizada, empurrada pelos dois "filhos", depois de morta, à grelha da churrasqueira no fundo do quintal. Tudo ocorrera após num surto de vingança que não controlaram, impingiram sua revanche e fugiram, na esperança de encontrar os anais do jornalismo da capital da qual foram raptados, para rastrearem as notícias sobre o desaparecimento de dois bebês naquela mesma data.

E foi naquele momento, consultando os arquivos do Correio da Cidade, que foram confrontados pelos detetives Samuel e Leonel, já acompanhados de seus pais verdadeiros, que só tiveram tempo de abraçá-los em incontida comoção, antes de os dois serem levados para interrogatório e depois para a prisão preventiva, até o desfecho do inquérito que se abriria.

João e Maria (nas peles de Mauro e Maura), uma história que mal começou, começara mal. Para acabar e nos dizer que, entre a fada e a bruxa, entre o que é belo e o que é feroz, há a tênue fronteira, na qual nos equilibramos como no fio de uma lâmina, sem prever que leitos nos amparam.

AUTODELAÇÃO

Quando vi Esmir Messias na fila de prioritários do Banco Estadual, ainda não sabia que havia arrancado os próprios olhos. Ele estava irreconhecível com aquela bengala, óculos escuros, cão-guia, cabelos mais longos e encanecidos, revelando-lhe uma ancianidade precoce. Havíamos nos apartado após a formatura no curso de Direito.

Não quis aproximar-me e cumprimentá-lo, reapresentando-me depois de tantos anos. Estava com receio de que não me reconhecesse ou de que não desejasse ser visto assim.

Lembro-me de que, quando estávamos para concluir a faculdade, Esmir apaixonou-se por Raquel, a filha de um pastor evangélico de uma igreja pentecostal, e aquele amor provocou uma metamorfose em sua vida. Percebíamos que não poderíamos contar mais com ele, nos bares, nas festas, nas viagens. Era um ser "convertido" que passou a negar tudo de que gostava de fazer em sua trajetória de esbórnias e excessos, adotando "in totum" o que disse a Bíblia em Tiago 4:4 "Adúlteros e adúlteras, não sabeis vós que a amizade do mundo é inimizade contra Deus? Portanto, qualquer que quiser ser amigo do mundo, constitui-se inimigo de Deus". Ora, ora, difícil acreditar que Esmir tenha caído nessa cantilena, entrando com o corpo e a alma nesse cárcere do temor.

A vida como ela é, real, com suas contingências, trazendo-nos o inimaginável, o absurdo de onde menos se espera.

Há quatro anos aposentei-me como membro do Ministério Público e há muito atuei em vários casos tenebrosos como Promotor Público, nos processos que remetiam à Operação Casa Limpa, em que vários membros da edilidade municipal foram arrolados num rumoroso sistema de corrupção relacionado com superfaturamento de obras públicas.

Era uma época conturbada, em que figurões da alta política da cidade, em conluio, inclusive, com empreiteiros de obras de saneamento e construção de casas populares, foram denunciados por um lobista que teve seus interesses contrariados, dando início a um dos maiores mutirões no Judiciário para apurar e punir os acusados, provadamente envolvidos naquilo que foi conhecido como "Propinoduto Pentecostal", em que a Igreja Evangélica Fé e Prosperidade era utilizada como drenagem de dinheiro sujo, num esquema de branqueamento de capitais, cujo beneficiário era o pastor Eliseu Baptista, também dono da Construtora Paraíso e da Empreiteira Eldorado, na verdade testa-de-ferro de maracutaias e negociatas com o setor público.

Depois que os processos prosseguiram, com as denúncias oferecidas por mim e, em instância final, julgadas procedentes as ações, foram todos condenados como incursos no crime do colarinho branco e formação de quadrilha. Tive minha promoção alçada para o Conselho Federal do Ministério Público, em Brasília, onde me aposentei.

Soube pelos jornais que um dos sócios das empresas envolvidas, de propriedade de Eliseu Baptista, cuja pena havia sido reduzida com o atenuante da delação premiada, apontou como operador das ofertas de propina justamente o seu genro Esmir, que agia nos bastidores sem nenhum cargo de comando, mas era o testa-de-ferro que gestava todo o esquema deletério.

Ao vir à tona sua participação invisível, mas profundamente lesiva aos cofres públicos, Esmir, num surto de arrependimento histriônico, durante um culto num domingo à noite, diante de sua família e de todos os fiéis, pede perdão a Deus, ao pastor, a Jesus e a quem mais o estivesse ouvindo e, numa jogada sensacionalista, num lance espetacular, anuncia em alto e bom som, diante do templo assustado e em silêncio estupefato, o cumprimento de sua sentença, a única que ele aceita, por ser a única que ele reconhece

— não a da Justiça, mas a do Criador, a quem atribuía a primazia de perdoá-lo e jamais encarcerá-lo num tribunal humano. Assim se dirigiu aos que o ouviam:

— Irmãos, vocês todos sabem o que tenho passado nesses meses todos, mas não fui eu quem agia, era o diabo em mim, e sou consciente da terrível obra que o inimigo fez na minha vida, por falta de vigilância e por fraqueza de minha fé, portanto, diante de todos, confessando meu arrependimento e pedindo a misericórdia do Todo Poderoso, eu pratico aqui, diante de vocês, a minha renúncia aos pecados que deram origem à minha tribulação. Como está inscrito no Evangelho, nos diz Mateus 5:29: "Se o teu olho direito te escandalizar, arranca-o e atira-o para longe de ti, pois te é melhor que se perca um dos teus membros do que todo o teu corpo seja lançado no inferno. E, se a tua mão direita te escandalizar, corta-a e atira-a para longe de ti, porque te é melhor que um dos teus membros se perca do que todo o teu corpo seja lançado no inferno".

Ato contínuo, Esmir, ajoelhado sobre um exemplar surrado da Bíblia Sagrada, numa histriônica e babélica assistência hipnotizada por *aleluias* e *oh, glórias*!, abaixou-se diante do altar com o rosto empapuçado de suor e lágrimas e, sem hesitar, arrancou os próprios olhos, pondo fim à clara verdade dos fatos que escureceriam sua vida para sempre.

Não tive coragem de falar com ele, na fila do banco, à espera de receber sua aposentadoria por invalidez permanente, ele quase um farrapo, ensimesmado em sua solidão (e ignorância) evangélica, sem dinheiro, sem amigos, sem a sedução fetichista dos dízimos ofertados aos deuses monetários aos quais tanto serviu com subserviente ganância.

Soube o que lhe tinha ocorrido quando chegou minha vez de ser atendido, quando o gerente me colocou a par dessa tragédia, digna de figurar numa página de "A vida como ela é", de Nelson Rodrigues.

ACOSSADOS

A estupidez é mais valente que a morte.
Camilo Castelo Branco, "Maria Moisés"

Quando perdemos a pista principal da Avenida Marginal, que dava acesso ao viaduto que passaria por cima do rio Tietê e nos levaria de volta a nossa casa, depois de passarmos metade de um dia numa loja de materiais para construção, a realidade tangível e os horizontes invisíveis entraram em rota de colisão com o "tempo presente/os homens presentes/a vida presente", lançando-nos numa virtualidade indizível, que nem os olhos nem o coração conseguem decodificar.

O sábado alongou-se como à espera de alguém que nunca chega — a estranha sensação de toda a existência num átimo de segundo —, quando aquelas três figuras encapuzadas, manuseando seus apetrechos do terror, tomaram-me do volante, enquanto — vã tentativa — eu iniciava uma marcha-a-ré para retornar à bifurcação sob o semáforo, que nos levara a um equivocado trajeto induzido pelo GPS. Já era tarde, e ali nos tornamos reféns de uma situação que imaginávamos só factível aos outros, a desgraça sempre depositada na porta alheia, nunca na nossa, como monopólio de estranhos.

Entre as ameaças com um outro ao volante e dois no banco de passageiros apontando o metal sinistro para nossas cabeças, veio-me a intacta lembrança, como fulminante certeza, já alguém à beira dos nossos túmulos, projetados no fulgor do insondável, dizendo aos nossos enlutados, como no poema de Bandeira: "a vida que poderia ter sido e não foi."

Do momento em que fomos colhidos em infausto percurso — "as pessoas certas na hora errada" nunca reverberou tão alto em nossas consciências sabotadas pelo fortuito — até a liberação pelos assaltantes, depois de terem alcançado o intento (milhares de reais sacados clandestinamente, de posse de nossos cartões magnéticos), eu vivi, num só tempo, todos os tempos de uma vida.

Duas horas e meia, num final de tarde do primeiro dia do primeiro mês de um semestre que prometia viagens ao exterior, mas que nos levou ao âmago do furacão de impossibilidades que se manifestavam com toda a sua potência demolidora.

— *Agora vocês vão ficar aqui quietinhos, vão passar os cartões, as senhas, não podem errar, senão, já sabem... perdeu, playboy.*

Enquanto procurávamos, eu e ela, nossos cartões magnéticos em nossas carteiras, minha filha mais nova estava nascendo vinte anos atrás, e eu estava lá, nervoso, roendo as unhas, na porta do hospital, diante de um parto difícil, advertido pela iminência da eclampsia.

— *Espera um pouco, rapaz, preciso procurar direito, tenho dois cartões, mas só um está valendo, o outro está vencido.*

A lembrança daquele dia em que Danilinho, meu filho mais velho, por pouco não foi atingido pela lata de *Thiner*, que ele pensava vazia, ao ser jogada na fogueira que armava com o amiguinho nos fundos do quintal, estava toda ali, naquela hora fulminada pelo fogo de uma contingência atroz.

— *Tá conversando demais, mermão, pega logo essa merda, senão, já sabe.*

Eu via meu pai morrer novamente num agosto distante naquele momento em que números baralhavam na minha cabeça como aqueles que pululavam nos monitores na UTI do hospital.

— *Passa, passa logo, e não erra o número, senão nós não vamos errar a sua cachola, tá ligado ou quer que eu desenhe com a ponta da máquina nos seus dentes?*

No dia em que Tancredo morreu, mamãe chorou sem mais poder, devota que era de sua candidatura, e o país estava em luto, e agora estava eu ali, com minha amada, reféns de um destino que parecia traçado como o do presidente que não chegou a subir a rampa do Palácio, fulminado por uma doença, na véspera da posse, que o mataria 21 dias depois. Morreríamos depois de nadar até à praia?

— *Escuta bem, e fiquem de cabeça baixa, nós vamos eu e o mano aí sacar bonitinho e, se vocês estiverem enganando a gente, já sabe, nunca mais vão ver seus filhinhos, tá sabendo? A lei é essa. Perderam.*

Que mais nós perderíamos, eu e minha amada, ali, cúmplices da mesma agonia, depois de termos perdido as ilusões, as utopias, as certezas, a História, quando todos nós fomos mortos aos poucos naquele 31 de agosto de 2016, com a presidente deposta num golpe sujo, tão sujo quanto aquele que sofríamos naquele dia em que erramos a rua, estávamos prestes a perder o bonde e a esperança?

— *Beleza, não vai acontecer nada, 'tamos aí, vocês vão poder dizer que fomos bonzinhos, vocês deram os números direitinho. Agora vou deixar vocês naquele mesmo lugar, vocês não olhem para trás, senão já sabem...*

Não acreditávamos que aquele pesadelo ia terminar bem, assim como terminaram os dias daqueles mineiros presos no Chile, resgatados incólumes pela cápsula salvadora que perfurou aquele monolito impossível, nossa salvação estava prestes a se consumar, porque, no mundo invisível em que nos levaram naquelas poucas duas horas e meia, era enorme o tempo que nos consumia.

Os três assaltantes, autores do sequestro relâmpago, deixaram-nos sem nada, sem os pertences, sem os implementos que havíamos adquirido na loja da Leroy Merlin, ficamos sem nada, mas a vida, inviolável, com seus percalços e abismos, afirmava-se ali, indecifrável e absoluta, como os três segredos de Fátima, e ainda, em minha lembrança, entre pesadelos que se desfazem mal rompe a manhã, nos relembram dos mistérios e do imponderável barro de que somos feitos.

FLAGRANTE FRAGRÂNCIA

"La fragancia aquella vez era la misma que ahora, Paco Rabanne. Sebastián la olió por primera vez en la casa de la zona universitaria en la que su mamá lavaba ropa dos veces por semana"..., não teve dúvidas quando o Juiz o indagou naquela tarde em que o Tribunal do Júri se reunia para julgar o crime de um nefasto Gasolina, que chocou toda a população pelos requintes de perversidade.

O corpo de Janaína fora encontrado quase totalmente carbonizado nas margens do Meia-Pataca, um ribeirão fétido, que cortava parte da cidade e que era conhecido pela população como "esgoto a céu aberto', por exalar tantos miasmas de detritos orgânicos, lixívia tóxica e lixo industrial. Era um leito de insuportáveis odores que, muitas vezes, causava sérios danos pulmonares aos habitantes que moravam em suas cercanias.

Ela tinha dezoito anos quando se apaixonou pelo calouro do curso de Economia da única faculdade do município. Eram tempos em que o país havia saído da ditadura e entrado num novo ciclo político, e Emiliano, um líder estudantil aguerrido, teve papel relevante na luta contra a ditadura e no protagonismo da classe estudantil pela redemocratização. Foi por conta de seus discursos inflamados no *campus* universitário que Janaína começou um *affair* que jamais imaginava que culminasse numa tragédia não anunciada.

Os meses de namoro com a jovem pareciam correr bem, até que vieram as primeiras dissenções, desentendimentos por força de ciúmes ou em razão do alheamento político e ideológico que Janaína demonstrava, em direção contrária ao pensamento e às ações de Emiliano.

Quando Janaína apareceu morta, depois de três dias sem comparecer às aulas, a família acusou seu sumiço, pois considerava estranho o seu silêncio. Embora ela morasse na residência estudantil, ligava pelo menos uma vez ao final da tarde para os pais. Foram à delegacia policial registrar o Boletim de Ocorrência e rastrearam os seus passos junto à faculdade e aos colegas de turma. Foi quando perceberam que Emiliano, com quem ela circulava todos os dias, tanto no refeitório quanto no prédio da residência estudantil, também não era visto por ali há dias. Acendeu-se o alarme e deu-se início a uma procura desenfreada de autoridades, parentes e amigos.

Na última vez em que foram vistos, Emiliano e Janaína estavam entrando no carro no estacionamento da faculdade, e Sebastián (um colombiano que vivia na cidade com sua mãe), colega de turma e amigo dos dois, sentiu o cheiro do perfume que o namorado usava, o inconfundível Paco Rabanne. Sebastián era estudante beneficiado pelo Prouni, programa introduzido pelo governo brasileiro, que facultou a vários estudantes pobres o acesso ao curso superior. Era muito conhecido no ambiente universitário, mesmo antes de conquistar sua vaga no curso. Sua mãe, dona Encarnación, era lavadeira e todo fim de semana recolhia a roupa de vários estudantes para lavar e passar, e Emiliano era um dos que a pagavam para cuidar de seu guarda-roupa escolar, lavando, passando e engomando seu vestuário. E aquela flagrante fragrância era-lhe bastante familiar.

Quando os detetives Pasquale e Osvaldo chamaram os pais de Janaína para reconhecer o corpo, apesar de certo grau de depauperação do mesmo, em grande parte chamuscado pelas chamas, estava intacto, envolvido em seu pescoço, o cachecol que ela usava durante as aulas, e ainda impregnado daquele olor. Mesmo após três dias ali, já em estado de putrefação, o perfume rescendia como uma denúncia indubitável.

Sebastián esteve lá também, enquanto os pais, desesperados com a cena que jamais esperaram ver em toda a sua vida, não tinham a menor ideia de quem poderia ter cometido, com tamanha brutalidade, aquele crime, retirando-lhe a única filha.

O amigo não hesitou em confirmar aos agentes e detetives e ao delegado Loyola que só podia ser obra de uma pessoa. A culpa recairia sobre Emiliano, primeiro por conta dos percebidos desentendimentos que o casal de namorados já havia tornado público, e pelo fato de que coincidia o que emanava do cachecol, o mesmo perfume usado por Emiliano.

Testemunha essencial para o advogado de acusação, Sebastián compareceu ao júri naquela tarde, para confirmar que "La fragancia aquella vez era la misma que ahora, Paco Rabanne. Sebastián la olió por primera vez en la casa de la zona universitaria en la que su mamá lavaba ropa dos veces por semana". Não teve dúvidas em acusar Emiliano, ali, no banco dos réus, diante dele, em cuja frieza e ausência total de constrangimento residia também a reação de um assassino calculista, a quem a crônica policial alcunhou de "Gasolina".

ESTRANGEIRO

Mas tudo se modificou e só a ferida
feita pela memória persiste ainda.
José Luandino Vieira, "A cidade e a infância"

El pasado es un animal grotesco — essa peça a que eu tinha assistido no Teatro Sarmiento, em Buenos Aires, não sossegava em minha cabeça desde o momento em que iniciei aquela viagem em direção a um tempo perdido e fui dar as caras novamente com o que eu pensava morto e enterrado.

Era uma tarde quase viúva de um sol que definhava atrás da velha pedreira imponente na curva do rio, quando desci os degraus que separam a Viação Estrela da cidade que eu deixei há mais de trinta anos. Estou em Santa Rita, irreconhecível, as pessoas me estranham com seus olhares inquisitoriais. Só a estação rodoviária é a mesma: com seus botecos à meia-luz, suas mesas de bilhar nos fundos, gente encostada nas paredes à espera de passageiros, outros franzindo a testa para ver quem chega e quem sai, o Ponto de Táxi com seus motoristas entre cochilos e o campo de futebol em frente: mausoléu de disputas, vitórias e frustrações. *Há um hotel logo ali*, alguém me aponta — era um homem tossindo, cigarro descansando entre os dedos amarelados, devia ter em seus pulmões labirintos de nicotina, um toco de lápis preso numa das orelhas, olhando-me de cima a baixo, mania da gente do interior. Não sei seu nome, mas não ignoro seu jeito, sua forma de estranha amabilidade, não via seu rosto, escondido na fumaça que redemoinhava após sucessivas baforadas de outro homem que fumava ao seu lado, contando, com uma lerdeza de quelônio, algumas moedas, palitando os dentes, pensando na vida (que vida?). Sempre acompanhado pela pressa, havia me desacostumado desse "jeito". A simultaneidade dos acontecimentos, o burburinho e a confusão de seres e coisas, com suas sombras e seus disfarces, seus problemas e seus desafetos, me antagonizam com esse outro tempo. Vou ao mictório: homens conversam sobre futebol *o Operário vai pegar o Ideal e eu aposto três contra um que o alvinegro traz o caneco,* enquanto sacodem o pau com prazer naquele ambiente fedorento, *sei não, Neco, eles contrataram o Manduca, do Flamenguinho*, com garranchos obscenos inscritos na porta da latrina, como em qualquer banheiro público do Brasil. Mesmo assim, parece que estou em outro lugar, insondável, não naquele que deixei um dia. Percebo meninos engraxando sapatos na grande calçada que circunda o terminal. A banca de jornal do italiano não há mais, o que vejo agora é um cômodo com bagageiro, uma balança e um sujeito de olhar perdido (como se vislumbrasse não sei onde um mundo menos ignóbil), o engraxate, a caixa registradora semiaberta, o relógio na parede, um cão magro lambendo suas feridas, ora vasculhando uma lixeira, ora circulando indiferente a tudo.

Apesar da insistência do motorista de táxi, que parecia alcoolizado, que me viu com a pequena mala na mão, preferi caminhar até a Pensão do Lalau, mas, pelo que vi, quando o ônibus chegava, não há mais o enorme casarão da esquina, na saída da ponte, onde ficava. Em seu lugar ergueram um edifício. A província tem dessas coisas: atrevimentos urbanoides. Nunca entendi por que as cidades do interior insistem em crescer para o alto, com tanto espaço em derredor para construir casas com quintal, pomar e piscina. A especulação imobiliária é um fenômeno universal. Indicam-me o Hotel Bela Vista, *não é do meu tempo*, dizem que os quartos são confortáveis, arejados, com TV a cabo, wi-fi e serviço vip. Não me importa, quero descansar. É cedo, a cidade começa a acordar. No caminho, cruzo os trilhos da estrada de ferro, encontro com estudantes indo para as escolas, casais de velhos caminhando (estarão rumando, inebriados, para a missa das sete?), ônibus que cruzam nos dois sentidos transportando trabalhadores (operários das indústrias têxteis, o que mais há por aqui). Lembro-me de quando havia apenas dois *cata-níqueis* cruzando a cidade de um lado ao outro. Hoje, uma profusão de automóveis, ônibus, motocicletas, mototáxis, lotações —, mas a vejo no mesmo ritmo acomodado. No Largo do Rosário, o velho prédio da Cia. Telefônica jaz abandonado. É o que sugerem a poeira, os papéis, as fezes e as folhas das árvores acumulados na entrada. Na era da informática não há mais necessidade daquelas centrais povoada de fios, tudo se resolve com um simples toque digital, mas o que não mudou é a usina de fel que havia no coração do Leocádio. Vi-o ainda há pouco, cruzando a linha do trem em direção a um ponto de ônibus. Parece o mesmo de décadas atrás, de mal com o mundo, ríspido e intransigente com quem atravessa o seu caminho. O seu mau humor está nas suas costas arqueadas. Há como que um sentido de abandono em tudo que vejo, de solidão cavernosa, de descartabilidade nas re(l)ações. Contemplo os dias em que havia mais vida e luz, e parece que uma pungente sensação de isolamento toma conta de mim. *É a vida.* Tantos desertos. Tento esquecer.

Na Avenida — aquele tabuleiro de paralelepípedos cortando o centro da cidade, palco de tantos carnavais — mergulho o olhar e vejo uma confusão de início de dia: carros, bicicletas, automóveis, caminhões de entrega. Uma fila gigante de veículos espera o semáforo liberar o fluxo. Do mesmo jeito só o bronze de Getúlio Vargas alvejado pelas fezes de pombos. Estou em pé, meus olhos giram: sinto que um apito, lá atrás, anuncia um comboio ferroviário trazendo vagões fatigados, cheios de minério. Dizem que a descoberta da bauxita na região trouxe mais empregos, mas poluiu as águas do rio. Aposentaram a Maria-Fumaça, que saía de Ubá em direção a Recreio trazendo vida à plataforma da velha estação, e o que sobrou dos vagões estacionados e do movimento de cargas dos armazéns é uma intransponível solidão ferroviária.

Alguém abre as portas de aço da Casa Felipe (olho de longe e percebo suas paredes avoengas marcadas por mapas estranhos, silhuetas de goteiras e mofo). Abrem-nas como há cem anos, imagino, com o mesmo ritual do comércio de variedades, padrões de gestos e atitudes que se repetem, vazios e nostálgicos. Vem um ônibus, outro, outros mais. Santa Rita está de pé. E eu também. Mas em mim sinto um peso que não me deixa sair do lugar. A cidade pulsa em meio ao meu silêncio e resignação. Não acho lugar naquele breve espaço. No Café Mocambo o movimento é grande: revezam-se chávenas, colherezinhas, fregueses. Lembranças vêm e voltam. Vejo o dia em que Jânio Quadros e seu séquito chegaram ao palanque naquele largo lotado para o comício. Lenços e bandeiras agitavam-se entre *souvenires* de vassouras, o mote da campanha moralista que redundaria em fracasso e decepção sete meses depois da posse.

Há uma tristeza comprida nisso tudo, e não me sinto à vontade no agora. *Aquele homem sorumbático, cabeça baixa, suas costas dobradas pelo peso dos anos, quem será?* Foi ali naquela garganta, onde a rua se espreme entre casarios velhos, a linha férrea, a Carcacena e o morro da fábrica, que o Rui foi atropelado pelo trem junto com o Robinho: morreram o filho e suas pernas, mas foi ele a seguir sem ganas de caminhar e viver. Mas foi depois de perder a mulher para um usineiro de Cravinhos, interior de São Paulo, para onde saiu na calada da noite com a roupa do corpo, que sua vida piorou de vez. Seus dias se consumiram naquela cadeira de rodas, vendendo bilhetes de loteria, fumando cigarros de palha e fedendo a cachaça. Nesse pedaço de cidade, eu tinha nove anos, vi um homem possesso ser contido pelo policial e levado acorrentado para o asilo de loucos de Barbacena. Diziam que tinha parte com o demo, mas depois papai me disse que eram os anos de embriaguez atormentando o coitado, que vez por outra cismava que foi noivo de Evita Perón, carregava um jacaré nas costas e até parlamentava com o espírito do Marechal Hermes. Em agosto, mês de cachorro doido, ele começava a surtar e só parava na véspera do Dia de Reis. Logo adiante, o corguinho Lava-pés: criança, eu soltava meus barcos de papel e eles desapareciam na correnteza, iam cair no Romualdinho, no Meia Pataca, no Pomba, no Paraíba do Sul, até descansar no mar imenso e azul do litoral fluminense. E eu nem sabia que meus sonhos iam mais longe que eles naquele Tejo imaginário.

Há algo na rua, nas pessoas (gente que passa de cabeça baixa como se acompanhasse um enterro), nas casas comerciais, nas residências..., que já não reconheço. Uma nostalgia paralisante como se um curto-circuito me levasse a um exílio no presente. O passado que não alcanço está depositado naquela fria noite de julho em que resolvi sair para nunca mais voltar (*saio desse lugar, para não ficar menor que ele*, escrevi no chão calçado a pedras portuguesas, em frente à Prefeitura). Mas hoje estou aqui para receber uma herança. Não me interesso pelo processo, há uma estrada longa entre a vida e a morte, muitas águas passaram por aqui, e eu enfrento, desassossegado, uma desconfortável condição de forasteiro.

Indagorinha, fui tomar um café no Bar Coperão, passou por mim o Basílio. Não é o mesmo de outros tempos, quando garganteava sua virilidade. Camaleão ambulante, falam que não perdia uma sessão no Cine Machado, onde passava a mão-boba no pau dos garotos, que lhe masturbavam por uns trocados. Vejo-o agora, nublado, sua pele como um palimpsesto de pelancas. Acabou-se. Cabeça arreada, tão triste como a morte. À porta de uma lanchonete de uns chineses flagro um homem reticente afetado pelo *alzheimer*: é o que indica a aliteração de seus movimentos, repetitivos e enfadonhos, como a vida no interior. Não existia naquele tempo; no lugar era a lanchonete do Zé Português, no entanto é como se as cadeiras, as mesas e o balcão fossem meus velhos conhecidos. Peço um pastel e um café bem quente, e me servem com indiferença num copo descartável. Os salgadinhos expostos, golpeados pelas moscas varejeiras, não me animam. *Esta é pro santo*, alguém diz ao meu lado antes de tomar uma pinga. Lá fora, embora sol claro, a rua estreita é um corredor de ventos sinistros. No primeiro gole, há como que uma projeção psicológica, pois remonto ao cheiro da torrefação Goytacaz, o mesmo que eu sentia quando os grãos eram torrados e moídos e saíam empacotados nos caminhões da firma. A mulher ao lado, ao morder uma banda de pão passado na manteiga, traz-me proustianamente lembranças tenebrosas. 1964 salta à minha frente e vejo o velho Saraiva, getulista ferrenho (*"A UDN é a coveira do país"*, *"Lacerda, golpista filho-da-puta"*), um ferroviário engajado na luta sindical, ser tirado à força de dentro de casa, sob o desespero de dona Mariana e os olhares que nada entendiam do pequeno Haroldo. Dias depois, devolveram-no macérrimo, cheio de escoriações, dois dentes quebrados, a recidiva da bursite e um IPM para responder, dedurado à Polícia pelo doutor Agnello Rocca, um advogado turrão e sistemático que era informante dos milicos e mais tarde viria a ser prefeito indicado pelos chefes da política local, cumprindo um mandato-tampão, cuja eleição como candidato único perdeu para os votos brancos e nulos. Muitos foram os que, de uma hora para outra, sofreram a mesma pecha, sendo conduzidos aos porões da delegacia, levados para penosos interrogatórios em Juiz de Fora, até voltarem mentalmente enfraquecidos e em decrepitude física. O golpe militar foi uma tragédia humana para muita gente, e não poucos nesta terra foram interpelados, agredidos, injustamente apontados pelos canalhas burgueses. Não sei se ainda estão vivos: os que sofreram e os que, como Torquemadas ressurrectos, acenderam a fogueira da delação para nela lançar os "subversivos". Muitos mudaram de lado, quando viram a coisa feia. À Pilatos, ficaram indiferentes ao sofrimento de ex-companheiros. Alguns, comunistas de araque, de uma hora para outra, travestiram-se em apólogos do novo regime, epítetos de uma quartelada que duraria mais de duas décadas. Esses capachos dos "coronéis" locais apontaram, sem constrangimento ou arrependimento, os "inimigos" do poder, alcovitando-os aos agentes da repressão uns e outros inquinados "quinta coluna". Foi o que se deu com o Péricles. Acovardado, deixou o PTB, migrou para o PSD e, após o golpe de 64, caiu de paraquedas na UDN, depois ARENA, e graças à sua raposice e pusilanimidade viveu subserviente aos prefeitos eleitos às custas da opressão do operariado, até cair no anonimato e terminar seus dias como personagem folclórico recitando a Constituição Municipal pelas ruas. Como o Adriano, que foi eminência parda da política, alcunhado "enciclopédia ambulante", passou a vida inteira pulando de galho em galho, orgulhoso por ter nome de imperador, tornou-se um fracassado tribuno de província, vaidoso por guardar a memória política do Município, ventríloquo dos chefes partidários. O que mais gostava de falar era do episódio que marcou a vida local: os tiros na Rádio Pirraça, em que um sargento morreu, e a culpa recaiu sobre o Turquinho Bicheiro, um político despreparado, mas maquiavélico e de muita influência. Há quem afirme, nos bastidores, que a bala saiu de outra arma, de um médico genioso e temperamental, que alimentava ambições políticas, mas, para não escandalizar a sociedade, sobrou para o bode expiatório.

São quase nove da manhã e ainda não me instalei. O hotel é logo ali, mas me prostra certa melancolia, algo que eu conheço muito bem, sensação verdadeira, interior, visceral. A dor dessas lembranças me desloca, e vão se encachoeirando outros fatos, cascateiam reminiscências de um tempo em que o sol nascia para poucos, época em que os justiceiros, em nome de uma democracia improvisada pelos generais, julgavam e condenavam sem direito à defesa. Não foi assim que aquele arquiteto e sua projetada e carnavalesca dama se fizeram? — em cima de degolas e denúncias torpes? Com expedientes malsinados, promissórias vencidas trocadas por favores? Alcovas visitadas por figurões? A cidade que deixei está quase toda diante dos meus olhos [os novos não sabem] com seus velhos fantasmas e obsessões, suas roupas de domingo, a neurose do professor de matemática, o toupeira do regente escolar coxo (assediador, repulsivo e malvisto), a sucumbência dos barões e latifundiários, os maçons com suas camuflagens morais e suas amantes. Vejo que estou numa cidade difusa, mas a velha "ordem" resiste nesses *flashs*, reverberam insistentes em meus tímpanos os sons das antigas chaminés de tijolos apontando para o infinito; sinto o ricochetear — *tloc tloc tloc* — dos tamancos das operárias da Cia. de Fiação e Tecelagem pelas calçadas ladrilhadas do Centro e aquele balé de bicicletas rumo ao primeiro turno matutino. As pessoas passam apressadas. *Ainda não terminei o café.* Para onde elas vão? — parecem sem rumo. Os novos ares daqui não me atraem, tampouco os de antes. Ali mais adiante, atravessando a linha do trem, vai o Eurico Novais. Não sei por que razão voltou para Santa Rita. Vivia bem no Rio. Poliglota, dava aulas na Cultura Inglesa, foi tradutor da Air France, correu mundos. Já haviam me dito que ele deixou tudo: trabalho, posição, notoriedade, relações com gente poderosa da política nacional, para se entocar aqui nesse curral da mediocridade. Vive mal, dando aulas de inglês, francês e latim em domicílio, fumando cigarros e filando café nos botequins. O espiritismo o alienou de vez, e sua estatura envergada, seu jeito comedido e anulado contrastam com o fausto e a opulência com que viveu áureos tempos na Guanabara. Tanta inteligência para acabar assim: um indigente social, motivo de chacotas, às vezes vivendo até da caridade alheia.

Consulto novamente — *que praga é a invenção das horas. Que tirania o império de Chronos* — o relógio. Daqui a pouco já é o almoço e ainda não cheguei ao hotel. Vou andando e no caminho passo em frente à casa que um dia foi nossa — hoje há um cursinho pré-vestibular em seu lugar —, e recordações tumultuadas e difusas corroem o meu pensamento. Algo brumoso me paralisa, algumas sombras renitentes do passado despertam-me uma certa vertigem de um tempo que me chega como uma borrasca. *Caminho em direção a quê?* Vejo novamente estudantes vindo da aula, rumo às suas casas, com seus uniformes surrados de escola pública (saíram de alguma prova? ou andam apressados por causa de seus estômagos vazios?). Que estranha sensação na alma. Não sei dizer o que é. Vem-me aos olhos o Cine Recreio (será que ainda está de pé, com sua imponente arquitetura neogótica?) e as reuniões do Cineclube 7 de Setembro, nos fundos da Padaria Cabral: quantas fitas de Fellini, Buñuel, Vittorio de Sicca, Bellochio, Pasolini, Eisenstein, Truffaut, Chaplin... faziam melhores nossas tardes de sábado. Perdi as contas de quantas vezes fui ver *Cabíria*... tudo parece mais vivo do que nós. E estou aqui por causa de uma morte: burocracia, papéis, cartório, audiência, formalidades que sempre evitei. Desloquei-me para cá como quem vai para o matadouro. Sou um rebanho unitário povoado de animais estranhos. Atravesso um deserto. Uma janela se abre para o nada. Estou no alto e nada me contempla. O fascínio da paisagem não me toca. Tudo o que vejo parece um outro mundo. Há um deslocamento, um ambiente de opulento terror, uma falta de coragem. A província está maior, e eu me sinto amarelado, duro, como um castiçal com uma vela que definha. O Simonetti da funerária não envelhece. Parece que a morte lhe faz bem, a Indesejada, e seu olhar arregalado, olhos de rapina, esse grande negócio de desejar sempre o fim dos outros para se dar bem. Vai ali com sua camionete e algumas urnas entalhadas, encomenda de algum revendedor. Será que ele já tem concorrente? Era jovem ainda quando herdou o negócio do pai. Vejo a Nalva do Grupo Escolar Coronel Mascarenhas. Depois que a cobra a mordeu no Horto, nunca mais foi a mesma. A cunha moral da sociedade não perdoou seu deslize, e seu casamento acabou. Foi a mesma espada de Dâmocles dos vigilantes dos costumes que acabou com a vida da Helvécia, professora de educação física. A dúvida que pairava sobre suas relações (demasiado intensas) com a mulher do Dr. Vitaliano culminou na sua desgraça, e na calada de uma noite de maio saiu da cidade com a família, e nunca mais se teve notícia deles. As confidências e os segredos da cidade se insinuam, buliçosos, nessas poucas horas em que me reencontro com um rio de famintas torrentes e não restabeleço o tempo perdido.

Diante de uma janela fictícia, numa sacada distante, o que vejo já não me pertence.

Escaramuças. Espalhafatos. Uma procissão de imagens errantes, como um dilúvio traiçoeiro, tudo vai nauseando dentro de mim. Feito o rio que atravessa a cidade como um golpe fatal, com seus engulhos, contorcendo-se nas margens, silencioso, mas insopitável, pronto para desatinar, sem aviso prévio, ao mínimo derrame das nuvens — assim é a escamoteação do passado. A história daqui não sossega, fatigada e mefistofélica nesse burgo, com sua gente e seus arquivos de pensamentos miseráveis, seus jardins repletos de flores artificiais, com tanta gente ciosa de sua árvore genealógica, seduzidos pelos seus *pedigrees* que se perderam na areia da ampulheta, sem medo de cair de seus galhos podres, os meus olhos escrutinam suas mentiras, há um grito em mim que os desacata.

Até aqui continua vivendo o doido-varrido do Anacleto, com as mesmas manias de antigamente, como sentar na esquina do Centro Espírita e repetir aos quatro ventos que o homem nunca foi à Lua, que beber leite e chupar manga era a morte certa, que o mundo não passaria de 2000, que D. Sebastião iria redescobrir o Brasil, que Perón queria casar com Carmem Miranda para nos invadir e anexar o Uruguai. E estamos aí, como antes, com as mazelas e ruínas de sempre, como dona Judite doceira repetindo *Ai, Jesus!* diante do perigo.

A audiência está marcada para as três da tarde. Ainda cedo, chego ao local para me situar. O antigo Fórum era ali na praça. Pelo endereço da intimação, vejo que mudou para um bairro novo. Agora está instalado no Palácio da Justiça. Deram à praça o nome de um advogado arrogante, de cabelos cor de prata, assassinado por um coveiro num fevereiro tórrido do século passado. Reagiu ao seu desaforo com seis balaços, mas ninguém chorou por ele — *foi uma limpeza, muita gente que levou coice desse homem está sorrindo*, é o que me diz o presidiário (qual seu nome?) que cuida do jardim em frente, beneficiado pela prestação de serviços à comunidade para diminuição de pena. Devo entrar no hotel depois do meio-dia, assim evito pagar uma diária. Prefiro almoçar aqui pelo Centro, mas, enquanto isso, vou andando, andando, andando... sem dar no mar, ver se reconheço mais algum rosto, algum ambiente, nesses passos que parecem pisar um terreno movediço onde pululam armadilhas psicológicas, recordações cruéis. O velho bar Elite com seus lustres e balcões não há mais, como a Minas de Drummond. Sem paredes nem retratos para doerem. A antiga praça, agora cercada de instituições financeiras, perdeu seu bucolismo, e o que resta nos bancos sem encosto? — agiotas, apontadores do jogo de bicho, aposentados, sensores da vida alheia, gente olhando para nada e outros dando milho aos pombos na praça indolente como as preguiças que escalam os oitizeiros e uma usina de fofocas do calçadão. Vi muita gente que não me reconheceria. E lembro-me delas, do seu passado, de suas superficialidades e dissimulações. Ainda há pouco alguém que bebia sem pressa no balcão do bar, interlocutando com o companheiro de copo, comentava a lei estapafúrdia sancionada pela municipalidade: um vereador, dono de uma academia de ginástica, conseguiu, pleonasticamente, o óbvio ululante: aprovar seu projeto que obriga cada cidadão municipal a cumprir a lei. E desse quase-bêbado ouvi uma sentença inteligente: "excesso de musculação prejudica os neurônios e desmoraliza a Câmara". Não, não sei se vale a pena sair escarafunchando a cidade, a memória das coisas (esse animal nômade e sem indulgência), topar com gente que não me traz boa lembrança (como o esquizofrênico jornalista Salatiel, que detestava crianças e morreu com arteriosclerose, falando sozinho, sujando as calças e repetindo em praça pública "Maldito Sabin"), ou quem reacenda velhas paixões (onde andará Natália, inesquecível e bela?). De mim ninguém mais dá conta, mas é estranho como essa gente, essa municipalidade difusa, essas coisas não saíram de mim. E estão no mesmo lugar. Numa ilha estancada num imaginário absoluto. Recuso-me a acreditar, mas não consigo. Nesses mais de trinta anos nada desapareceu. Só a vida de alguns. Sinto agora que do mais fundo da hibernação há um vulcão cuspindo lava. Lá fora um silêncio copioso, carrasco. E uma lâmina. Uma noite. Um descaso. Tudo parece esquisito.

Finalmente, chego ao prédio do Fórum, sem me instalar no hotel. Tudo foi muito rápido e já estou aqui, depois de perambular pela cidade com uma bolsa na mão. Nos corredores enormes, com vozes que ecoam ininteligíveis, sinto um ar burocrático, solene, desumano. Uns entram. Outros saem. Oficiais de justiça surgem apressados nas salas de audiência.

Enquanto espero o secretário da Vara anunciar meu nome para a audiência, vou novamente ao banheiro. Que desagradável... quanta desordem, sujeira: duas torneiras sem funcionar, a outra vazando, o chão alagado, o mau cheiro de duas privadas cheias de merda, volto sem fazer xixi, penso: *banheiro público no Brasil é caso de polícia e de falta de educação.* Tento não me enervar, o pregão será daqui a pouco.

(Hóspede anônimo, Constantino contempla tudo com a lentidão de seu olhar, tentando reconhecer-se em cada geografia física e íntima, desconhecido de tudo o mais nessa cidade que já não se definia diante de seus olhos, com seus esgares, uma algaravia incompreensível, incurso em sua babélica condição de deslocado.)

Vai começar a audiência, e enquanto isso emergem fragmentos de um chafurdar intermitente na memória, quando uma película veloz se insinua diante de mim entre o ontem e o agora. Alguém me aponta a sala, olho de longe, ressabiado, minha curiosidade metafísica contrastando com a purulência de um ambiente espartano, cheio de mentiras cosméticas, poluído de verdades paranoicas. Diviso na austera mesa do juiz pequenas pilhas de livros (certamente alegria futura de insaciáveis traças), meus olhos viajam numa serventuária de seios fartos (leio seu crachá e fico sabendo seu nome: Duília), faz um sinal com o braço, entendo que tenho que entrar, e o pregoeiro, altissonante, interrompe minha vaga imaginação:

— *Processo nº 15.461, da 4ª Vara de Família — Inventário de Piedade Santana, sendo inventariante Constantino Santana* — proclama o oficial de justiça.

Compenetrado, adentro a sala, onde me esperam o Juiz Titular, o representante do Ministério Público e um escrivão com cara de poucos amigos escondido em seu bigodinho de Hitler.

Quando sair daqui, quero tomar um banho. Ablução reparadora depois de atravessar o deserto. *E tentar pegar o primeiro ônibus de volta para o Rio.*

Já em seu lugar no assento do ônibus que o levaria de volta a respirar a brisa do Atlântico, Constantino sentiu que: a) deixaria para trás o deserto; b) a cidade não foi tomada por ele; c) o distante Heráclito lhe acicatava a consciência: nem ele, nem o velho rio, nem aquele lugar eram os mesmos; d) o encontro com o passado, esse leviatã extraviado, é sempre uma procela, uma derrota. E tudo o mais o fez sentir-se como essa terra que deixou um dia para trás. Como ela, atravessada por um rio, ele era percorrido por uma torrente de ausências e lutos e viu-se metamorfoseado em múltiplas e estranhas sensações, e pôde compreender o que um dia leu num poema de Filipa Leal: "Uma cidade é diferente de uma cidade esquecida."

E com ele seguiria a sua única certeza: voltar de novo à vida (renovada e incansável fuga).

INDEXAÇÕES DO DESCONHECIDO

Ganymedes, profeta do insondável, aquela figura canhestra que saía a perambular pelas ruas de Cataguases somente nos feriados, nos dias ermos, na calada da noite, um autêntico parascavedecatriafóbico (do grego, *triskadekafobia*, aquele que tem medo de sexta-feira 13), passou a vida a colecionar inviabilidades. Seu sono era sempre interditado pelo clamor do desconhecido, especado ficava diante da cama ao levantar num susto, quando cupins de aço redemunhavam sua cabeça e ele, escafandrista do abissal, punha-se a registrar mais um item no seu já imenso "Catálogo das Improbabilidades Concebíveis & Outras Impertinência de Igual Teor", que um dia seria publicado pela Editora A Ver Navios, situada em Curralópolis, aquele burgo estratosférico situado entre a estrela Idiotina e a galáxia Mégalus. Não via o dia e a hora exatos em que seu editor, Pascácio Lorpa, do alto de sua mais astuta eloquência canina, com seu tirocínio mercenário para o lucro, abriria a porta sanfonada de seu escritório construído sobre a fenda de um iceberg de *cannabis* empacotadas (e apreendidas) pelo Sistema Multiplanetário de Controle das Alucinações e Delírios, e, abrindo seus braços em forma de tridentes, berraria, "Enfim, o nosso compêndio de ultrassandices finalmente saiu".

E foi assim que naquele dia 39 do mês Torrencial, do Ano da Pata Autista de 7891, o invertebrado homem das mil falácias colocou sobre sua mesa o calhamaço de 2020 pandêmicas folhas de covid-19 — um material resistente a ataques de pirataria vacinal — e seu prolixo *publisher* pôde conferir, numa leitura em diagonal em um trecho aberto a esmo, um dos itens que compunham o nefelibatismo temático e conceitual da neomoderna e barroquíssima José Wilkerpédia Felomenal:

"Acupuntura Política:
Ciência extrassensorial descoberta na Ilha Impeachment, situada no Arquipélago das Falcatruas, por Asdrúbal Sem Trombone, um mergulhador transgênico clonado pelo renomado doutor Albieri Jucundo que, ao chafurdar na lama impune daquelas águas abissais, conseguiu fisgar um ser minúsculo mas de inegável força letal, cientificamente batizado de *boçalnarus familicianus*, em cujo estômago uma enzima mais potente que milhões de bombas lançadas sobre o que um dia foi a mítica Hiroshima foi isolada, cujo elemento principal, o vírus *guedesastris economicus*, um parasita das vísceras da alma financeira do povo, continha o antídoto contra a mediocridade, a corrupção, os golpes de Estado, os propinodutos, a imbecilidade, o genocídio, os preconceitos, a barbárie e tudo o mais que um dia poderia redundar no escombro da humanidade. Utilizado como tratamento alternativo na coluna dorsal de qualquer sociedade, por meio de Trump-agulhas negacionistas, esse método alvissareiro de higienização moral contemporâneo foi saudado como a nova penicilina contra os desvios de caráter, de poder e de dinheiro."

Ganymedes acordou e viu que o dinossauro continuava ali, feito um Moro sem caráter, como o deixou Augusto Monterroso, mas não se deu por vencido. Foi à cozinha da Casa dos Alienados, onde se hospedava desde que Dr. Simão Bacamarte inventara a Máquina de Destituir Realidades (aprendiz de Luquinha, o exterminador de CunhaNetos num distante fevereiro de 1983) e deletou o futuro em nome de um passado reconquistado e reformado, abriu seu peito com o Estrumentício, um eficiente equipamento de reposição de Flatulesterona, e, novamente abastecido da seiva Ilusões Perdidas (que lhe era proporcionada por uma fornecedora de prazeres, a Dulcineia Balzaca), viajou intramundos, na cauda de seu apologético foguete Alcolumbesta $$$, em que o presidente do parlamento dos insurrectos mentais, Maia Rodrikóvski, enquanto o egrégio FTS — Futuro Tribunal de Sandices — decidia sobre o plágio daquela obra tão avassaladora anunciada pelas *fake news*.

"Tegumentina Asqueroide.

É um OVNT — Objeto Viajante Não Tangível —, identificado pela primeira vez pela Comunidade Intervisceral alojada no estômago dos Protofalácios (animal raro que pulula no Blasfematório de Pasárgada, cidade imaginária criada pelo Rei Cyranus à margem do Rio Canopus), é um elemento bipolar que ora mostra a cara, ora não, mas pode ser sentido pelos finos fios que vivem em suspensão nos banheiros públicos e provocam a amnésia pluriforme de políticos corruptos e a oligofrenia invasiva de evangélicos arrependidos."

"Contumacinoia aviltante — Doença diagnosticada pelo Dr. Mengele Shibata, da Clínica dos Lacaionianos Recalcitrantes (inimiga hepática dos Fodianos Deletérios), consiste na afecção da memória, impulsionada por um desejo mórbido de ressuscitar fantasmas e pesadelos políticos, tendo como patrono um remoto (e ainda temível torturador-estuprador-assassino alcunhado de Ofuscante Ostra)."

"Dosímetro Sentimental — Aparelho criado pelo psiquiatra do Condado de Estigma, na Nova Portugália. Trata-se de um equipamento movido pelo combustível mais abundante na Terra, o Adrenalinol, que, instalado nas ruas, é capaz de medir o nível de humor, agressividade, depressão, furor, melancolia ou euforia, sentimentos capazes de mover, criar ou destruir mundos. Vários países o adotaram como políticas públicas de saneamento ou higienização social, com a mesma fúria com que um tal Coveiro Funéreo despachou para o Quinto dos Infernos aquele advogado arrogante, flatulento e jactante animal nas tribunas com seus cabelos cor de prata. Implantados em pontos estratégicos das cidades, captam a cada passagem de indivíduo ou veículo o nível desses estados. Ao registrar cada uma dessas condições presentes na mente do cidadão, o próprio equipamento emite sinais telepáticos, que transformam pensamentos e desejos letais em paz interior. Com isso, já foram evitados em todo o mundo suicídios, homicídios, matricídios, infanticídios, feminicídios, pa(t)(rr) icídios, genocídios, xenocídios e guerras sem sentido. Somente o Brasil não importou esse aparelho indispensável à repacificação coletiva, considerando que foi invenção de comunista cubano, plantado por Hugo Chávez, por algum ateu ou inimigo dos EUA e de Israel."

A pletórica e demiúrgica obra *in progress*, de prospecções terminológicas da indigitada figura, parece não ter fim.

LEVANDO A VIDA NA FLAUTA

A manhã já se arregimentava como uma sinfonia. Mal o sol dava as caras, Maestrini já sibilava pela área coberta da casa, entre assobios ritmados e estalar de dedos, providenciando a comida dos pássaros. O alpiste cuidadosamente reposto no vasilhame de alumínio, a água no bebedouro de barro, o forro de serragem no chão das gaiolas. Eram dez, cada qual espalhada num ponto estratégico da Passarolândia — o melodioso nome que ele deu àquele recanto canoro.

Mais que dar-lhes de comer e beber, a matulagem renovada a cada raiar do dia, os pintassilgos, os coleirinhos, o periquito, o papagaio, o casal de canário belga e o corrupião (que todo fim de tarde cantava religiosamente o hino nacional nos salões do falecido Hotel Villas) eram como integrantes de uma orquestra particular, tal a sintonia com que se relacionava e lidava com aquele mundo à parte, uma regência sem conflitos, o não precisar ensinar notas e leitura de pautas, pois tudo vinha pronto, trabalho feito pela própria Natureza.

No Conservatório as coisas não saíam com a mesma leveza, sentimento e coesão com que seus filhos de estimação lhe presenteavam sem exigências. O ensino de música consistia num esforço cada vez mais exigente, pois a turma heterogênea, em seu amplo espectro de talentos em formação, muitas vezes desafinava. A cada classe, os desafios se multiplicavam, mas ao sair da escola, cujo patrono era Carlos Gomes, o diligente Maestrini esquecia o desnível dos aprendizes e voltava para casa, entoando íntimas canções, para as quais não lhe era permitida uma nota enviesada, um som dissonante, um diapasão que desafinasse.

No seu dia a dia de flautista, feito um personagem de Robert Browning numa Hamelin tropical, Maestrini era o harmonizador de situações quando se deparava com algo que demandava, ainda que inadvertidamente, sua intercessão. De casais em conflito a acidentes de trânsito, de uma febre renitente a um embate político, parece que acontecimentos surgiam no seu caminho ou à sua frente como seduzidos pelo seu natural espírito conciliador, pois, quando a contenda se instalava, ele era atraído, não se sabe por que forças, para aquela hora ou lugar onde nuvens desabonadoras infestavam de horror a paisagem em derredor.

A flauta de Pã que carregava como se fosse um amuleto, com seu som adocicado perfurando o silêncio das noites ou interditando o barulho das ruas por onde passava, era por demais o símbolo daquela cidade acanhada, batizada pelas águas que serpenteavam pelos contrafortes de Minas, do rio que carregava na sua identidade o nome de uma ave. O Pomba, tantas vezes insubmisso, rebelde, invadindo as casas no âmago das madrugadas, parecia retroceder quando ele emergia em meio ao escuro sono das gentes e tocava "O Guarani". Voltavam todos ao seu leito inicial: o rio, que tantas vezes abandonava sua calha, vomitado pelo excesso de chuvas; os que adormeciam no reparador abandono para descansar das tarefas repetitivas e enfadonhas de cada jornada.

Maestrini era a própria metáfora insculpida em seu nome, o que regia, no desafinar provocado pelas tensões diárias, o imenso coro de descontentes que encontrava por onde passasse. Ao levantar e ao deitar, ela estava ali, fiel companheira, escudeira de seu conservatório íntimo, onde ele dispunha, junto com seus integrantes, os pássaros cativos da varanda, seu auditório, de onde coordenava os primeiros sons de cada antemanhã que nascia com a expectativa de que sua flauta não o desmentiria, ele, o que levava literalmente a sua vida (e a dos outros) na flauta, pois, entre o nascer e o pôr do sol, a única decepção seria viver num mundo em que os acordes da intransigência destronassem a camerística profusão dos sonhos individuais e coletivos.

Ronaldo Cagiano

Nascido em Cataguases (MG), formou-se em Direito, viveu em Brasília e São Paulo e está radicado em Portugal. Estreou com *Palavra engajada* (poesia, 1989), e dentre as obras publicadas destacam-se: *Dezembro indigesto* (contos — Prêmio Brasília de Produção Literária 2001), *Dicionário de pequenas solidões* (contos, Ed. Língua Geral, Rio, 2006), *Moenda de silêncios* (novela juvenil, em parceria com Whisner Fraga, Ed. Dobra, SP, 2012), *O sol nas feridas* (Poesia, Ed. Dobra, SP, 2013 — finalista do Prêmio Portugal Telecom 2013), *Eles não moram mais aqui* (Contos, Ed. Patuá, SP, 2015 — Prêmio Jabuti 2016, publicado em Portugal pela Ed. Gato Bravo, 2018); *Os rios de mim* (poesia, Ed. Urutau, Pontevedra, Espanha, 2018), *O mundo sem explicação* (Poesia, Ed. Coisas de Ler, Lisboa, 2019) e *Cartografia do abismo* (Ed. Laranja Original, SP, 2020). Organizou as coletâneas *Antologia do conto brasiliense* (Projecto Editorial, DF, 2001), *Poetas mineiros em Brasília* (Varanda Edições, DF, 2002) e *Todas as gerações — O conto brasiliense contemporâneo* (LGE, Editora, DF, 2006).